誰家園

亦舒

王之之在工作室門外貼一張告示。

上面這樣寫：——店主告示——

本店是一所縫紉學習班，示範各種縫紉細節，並不包括設計縫作結婚禮服，請勿騷擾本店員工，切勿在店門外聚集，面斥不雅。

告示一出，門外求見者譁然：「恃才傲物」、「目中無人」、「高自標置」、「太欺侮客人」……

有報章專欄作者引以為奇，將告示刊登「奇文共賞」。

王之之忽然在熙攘熱鬧的都會出名十五分鐘。

起因是這樣的。

約莫是一季之前，五月天好日子，之之應邀探訪母親。

王太太這樣開門見山說：「知也要結婚了，託你做一身衣裳。」

「又結婚！」

「不准這樣說她。」

「母親總是偏袒知也。」

「沒有的事。」

「我不做結婚禮服。」

「知也猜到你會那麼說。」

「那就不要強人所難。」

「之之，受人滴水之恩，當湧泉相報，別忘記知也替你付了一千英鎊學費在倫敦學習時裝設計。」

之之無話可說。

「還有，幫你付首期買下鋪位做縫紉班。」

「知也已第三次結婚，這不是容易差使。」

「你自己與她說。」

門鈴一響，知也進來。

「之姐，答應沒有。」

之之看着妹妹艷如春曉的面孔，不禁微笑，「如此經看，是否結三次婚的原因。」

「才兩次，一次只是訂婚。」

「為什麼還堅持穿禮服。」

「我只是說衣裳，未必是禮服。」

「我也有條件。」

「請說。」

「我不能替你做白色禮服。」

「你真迂腐，人家梅根麥克嫁英哈利王子不但穿白色且在教堂行禮，千名賓客看着該名結過一次婚女子一腳把俗例踢開。」

「她是她，你是你，你這次嫁什麼人？」

「生意人，獨當一面，富有，也算是王子。」

「他家無異議？」

「他也結過婚，兩個女兒十多歲，在英讀書。」

「知也，晚娘不好做。」

「為難之處是若干女子定要做個好晚娘，我從來沒想過要做誰的媽，各顧各衣食住行零花，沒煩惱。」

之之又一次佩服妹妹。

她言歸正傳：「我替你用極淺淡藍色料子，淡得只得一個影子，這是我底線。」

「說也奇怪，為什麼婚服也做白色。」

「那是高加索西人俗例，表示純潔。」

知也嗤之以鼻，「我不偷不搶，又無殺人放火，聖經十誡全部未犯，我也很純潔。」

之之笑，「你未嘗做假見證？」

「粉紅色。」

「淡藍。」

「也罷，沒一次拗得過你。」

「我字典裏沒有珠片，也不繡花，更無花邊、蝴蝶結。」

「喂，太素淨啦。」

「要不要隨你便，時間緊湊，你自己考慮清楚。」

「我已去紐約與巴黎找過設計。」

「有無提及你是國家級紅女星。」

「他們也聽過我名字，很客氣，送上設計樣品，光是花冠就三磅重。」

「不合你心思？」

「雨雲似大蓬裙，半透明上身，胸前只兩塊乳貼似布料，猥瑣得叫救命，還有一件設計似修女袍，籠罩全身，連頭包起，過份到極點，還有——」

知也不想說下去。

「結婚禮服是天下最難設計禮服，我從事該個行業十多年，從未見過好看的婚紗，越是名家，越是古靈精怪，標奇立異到不能接受。」

「不然還來求你。」

「別說這求字這麼難聽。」

知也跳起來，「那即是答允了。」

「妹妹，」之之嘆氣，「你的天真活力來自何處。」

她看着她都累，時時刻刻那麼鮮蹦活跳，難怪男人都喜歡她。

知也高高興興接了通電話，笑哈哈地走了。

高跟鞋閣閣閣，客廳舊式人字拼花木地板都叫她鑿了一個個淺淺圓洞。

「我也還有點事。」

「之之，你的臉，像苦瓜乾。」

苦還不夠，還要乾，這老媽也太偏心。

之之不在意，「有人像紅蘋果不就行。」

「你還放不下那件事。」

「什麼事，放不下的是你。」

就那樣，之之把不討好工作接下。

她忽然想到，母親也需要一件不能失禮的衣裳。

這一做就是兩件。

不能怨，這也是她王之之報恩的時候了。

四年學費呢，食宿還是娘親七拼八湊尋回。

這留學二字，貴不可言。

幸虧回轉即時在一間外銷廠找到工作。

還有好奇親戚故意笑謔問：「你那間，是野雞大學吧，從未聽過劍橋有時裝系。」

此間實則債項早已經還清，但人情債，永遠無還足之期。

她找了好些樣子書回來參考。

工作室學生們都好奇，莫非王老師佳期近。

又在網上找最近出品。

看了數百款，都不合心意。

有一個學生說：「不過是只穿一次的禮服，我表妹試過百餘款，找足二年，都尋不到合心思的裙子，她願意付一萬美金，都不得要領。」

「嘩，一萬，我的預算是五千。」

「五千已是巨款。」

之之抓頭皮。

「老師，明日上午我表妹約見出名的韋偉設計師，你可要來幫幫眼。」

「那不好，那也算是行家。」

「韋先生和氣，不怕，也許你幫幫口，可以撮成生意，我表妹有點結婚恐懼。」

「說也是，結婚確是叫人害怕，我到此刻，都五週年紀念，還是怕夫家妯娌，她們家凡有喜慶宴會都希望我參加，我有工作，有時怕累，有時怕人群，她們諷刺我是大老倌。」

之之微笑。

「王老師，明早我到府上接你，十時正可好。」

這位太太，像所有學習烹飪、裁剪、美術的太太一樣，都是富貴閒人。

車子準時來接，那個表妹已在車上，沒聲價道謝，又奉上人參雞湯給之之。

表妹嬌小，可愛，還似個孩子，這樣，最難配衣服，她取出圖樣給老師看。

之之笑說：「我可是要收取顧問費的喲。」

「自然，自然，還希望你來喝喜酒。」

到達婚紗店，之之大開眼界。

是的，她是行家，卻從來沒見過這種熱鬧場面。

準新娘燕瘦環肥都有，都受到極高禮遇，韋偉是城內最著名婚紗店，以奢華別致著名，最新一系列不但注重粉彩，且暴露許多肌膚，有些像從前夜總會表演女郎服飾，看得之之發獃。

那表妹嬌嗔地說：「眼花繚亂啊。」

接待員說：「韋先生已替陸小姐留了兩件。」

「他人呢。」

「向陸小姐道歉呢，他到巴黎利昂看一批最後古董頭紗，他有留言向你致意。」

那能說會道的韋先生在電話上說：「陸小姐，請原諒不能親身招待，但你看，這些手織頭紗，我會替你留一件最好的。」

陸表妹一看，喜出望外，笑出聲來。

之之也看到了，只見英俊的他把紗蒙在自家頭上，用手張開，果然漂亮。

陸表妹像孩子般拍手跳躍。

之之微笑，這韋某是一名滑頭。

員工把兩件禮服取出服侍客人穿上。

她轉頭看之之，「老師，怎麼樣，我最喜歡公主大蓬裙，上身繡珠花。」

她一邊轉身一邊看鏡內反映。

之之想：只穿一次的衣裳，是她穿，不是別人穿，她喜歡就行。

那蓬裙足足有半間房間大，小巧的表妹簡直埋藏在塔夫綢內。

她表姐剛要發言，之之輕輕推她手肘一下。

人家立刻會意，意見變成笑臉。

店員不住讚美，「像公主可是，再也沒有更美的新娘了，領子上珠繡似花瓣似襯托你粉妝玉琢面孔，喲，花朵一樣呢，有你這樣的人客實在太過榮幸，不枉韋先生一番心血為你設計。」

王之之聽得眼珠凸出。

服務員這番話，說得既流利又誠懇，語氣急促，像是受到極大感動，表情十足，肯定經過專人訓練。

嘩，聲色藝俱全，之之再也想不到，如今找生活竟是如此艱難了。

看看身邊的表姐，她起碼相信七成，也跟着說美美美。

小表妹面孔興奮得漲紅，雙目發出亮光，提高聲音問：「老師，好看嗎，好看嗎？」

王老師怎麼捨得說不妥。

又不是她穿，同戀愛中人一樣，只要當事人歡喜即可。

之之答：「全城最美。」

君子成人之美。

「那就如此拍板了，我已試過好幾十件，這一下子爸媽都可以放心。」

王之之已坐到腰痠，站起四處走走。

她看到不少人客的親友正在評頭品足。

奇怪，新娘禮服，不是新娘自家穿自家付錢嗎，為什麼趕集般請這麼多人來加插意見？

有些姐妹淘看到朋友已可嫁人，她自己尚未有着落，妒恨難分，歪嘴皺眉做出相當醜陋表情，言語更加刻薄：「像一大堆面紙」，「像隻蛋糕」，「像歌舞女郎」，「把身段完全埋沒」，「絕不」，「什麼，八千多元美金？」，「這裏又不是美國，為何算美金」……

之之一邊聽一邊笑。

這門生意，貨物只值10%，舖面、人工、奉承之言語，值90%。

那表姐找到她，「老師，我們可以先走，表妹父母前來接班付賬。」

如此勞師動眾！

「唉，賠錢貨。」

「我們去喝咖啡。」

「店樓上有咖啡廳，還有香檳招待。」

這韋先生是商業天才。

「婚紗什麼價錢？」

「不要問了，光是頭紗八千，連嫁妝首飾在內，一層小公寓價錢。」

「那麼，婚後住什麼地方？」

「娘家不想女兒委屈，已在找適當地址。」

之之忽然說：「不能寫天真小女孩名字。」

「那當然，否則，有何三長兩短，白白被人分去一半，不是說小器，父母實在負擔不起第二次。」

「這男家，可老實。」

「再老實的人，看到有便宜可佔，也會變得貪心。」

之之吁處一口氣。

「聽說，老師的妹妹也有人家了。」

之之微笑，「她是結婚專家，吃過虧，學了乖。」

苦笑，散會。

回到工作室，之之教授做西裝鈕門。

——「這種西裝鈕門，已近乎失傳，我見過名牌凱斯咪上衣，都只用縫衣機做鈕門，但，手工始終是藝術，但學不妨，我已印好程序圖樣派發，再逐個步驟示範，其精妙之處，可意會不可言傳。」

她逐步示範。

學生們讚嘆：「啊，這樣」，「噫，我還是第一次見」，「太奇妙」，大半小時，才做成一個，有點粗糙，但大致不錯。

「太神秘啦」，「得益匪淺」。

之之一點不覺她大材小用。

教與學的人都喜孜孜，這便是至大收穫。

第二天陸表妹派人送來一隻金手錶。

「我說要顧問費是講笑。」

當然退了回去。

她收到意外電郵。

是由韋氏婚禮服裝公司傳來：「多謝王小姐協助本店客人陸小姐選擇禮服。」

消息竟如此快速靈通。

他知道她是誰。

她沒有回覆。

那韋先生，一看就知道不會選擇女性。

其實許多有點年紀的女士們都不介意有那樣的朋友。

他們多數斯文漂亮及細心，並且，有極強藝術細胞，重視友情，不介意稍微吃虧，性格可愛。

但之之不需要任何朋友。

多說話必然惹是非，她是一個最恨惡解釋的人：你明白就明白，不明

白拉倒，雞毛蒜皮，又不影響道瓊斯指數上落，多說作甚，說多錯多，越描越黑。

「姐，可看圖樣沒有？」

「妹，屆時我會通知你，不要再煩我。」

沒想到知也帶着未婚夫上門探訪。

他姓汪，比知也大十歲八歲，一表人才，相貌英俊，身段維持極佳，是每週往健身室七次的成果。

算是一對璧人，凡事不可細究。

之之說：「我剛要下班。」

「之之，」汪先生伸出手，「我們還是第一次見，叫我汪量。」

這時，工作室門又被推開，進來兩個一模一樣十一二歲小女孩。

「讓我介紹，我的女兒安娜與伊娃。」

那兩個小女孩一模一樣，之之有點失禮地凝視。

她看過一套恐怖片：陰森大屋長廊尾，站着的，就是這麼一對一模一樣詭異的雙生女，忽隱忽現，十分可怕。

之之頸後寒毛忽然站立。

知也卻絲毫不覺，她愉快地說：「姐，她們也需要禮服。」

之之控制不住面孔肌肉，臉肉拉下，「我不縫製校服，另請高明。」

「姐——」

汪先生聰明，立刻叫保母帶兩個女兒出去。

他自己走到一角參觀。

知也不高興，「姐一點面子不給。」

「得寸進尺，入得門來要上床，我沒空接待你全家親戚。」

「姐——」

「快走，我又沒答允你帶人來參觀。」

「你這老姑婆不近人情，喜怒無常。」

「是，完全中。」

那汪量走近，「我們冒昧闖上，對不起對不起，之姐，明天帶着花與果再來如何。」

「不必客氣，再見。」

一陣風把他們趕走。

手臂上還有雞皮疙瘩。

之之最怕男家的父母姐妹兄弟，他們的前妻與子女，還有各種一表九千里的親戚，七嘴八舌，口水淹死人。

晚上，老媽來電，「妹妹叫你生氣了。」

「知也十三點。」

「我也猜到你不會喜歡阿汪。」

「雖無過犯，面目可憎。」這是違心之論，那人十分英俊。

「他送一大堆聘禮……」

「誰在乎。」

「有一頂鑽冠——」

「送岳母什麼？」

「我不是一直想要一塊厚潤碧綠玉墜嗎。」

之之沒好氣，「我不講啦。」

她老媽在手機傳來一幀照片，是一枚碧玉桃子舊工翡翠。

之之不反對珠寶玉石，它們的確叫人歡喜。

她關上電話。

那邊，阿汪對未婚妻說：「之姐氣質清秀無比。」

知也答：「是，很多人為她的白襯衫卡其褲留下深刻印象，但她孤芳自賞，冷僻成性。」

「有結過婚嗎？」

「好像只在大學時有一個男朋友。」

「啊。」
「喂，你打聽這許多幹什麼？」
「算是至親啦。」
這一邊之之找來一大疊布樣，與學生們商量。
這班人，都是會吃會穿的人物，有些意見，拿着布樣放不下手。
大家都鍾愛喬奇紗。
「多久沒見到這種美麗料子。」
「要去外國訂購吧。」
「是，英國蘭加夏郡一家百年老店，還有出產，不過要整匹才能替買主染特別顏色。」
「知更鳥蛋藍多美。」
「太深色了。」
「老師自有主意。」

之之決定替母親也縫件禮服。

老媽說：「我不需要，我還有一套萬能香奈兒及一條珍珠鏈。」

之之說：「不行。」

「你這女兒真怪，要你做的不做，不要你做的卻非要做。」

「還有，戴這副耳環即可。」

自手袋掏出一對獨立大鑽石耳環，「每顆八卡拉。」

「這不是真的。」

「好看即行，管它真假，老媽不必迂腐，請勿戴其他配件，請記住，Less is more。」

「罷罷，隨你編排。」

之之畫起樣子來。

學生好奇，不住張望，之之索性叫她們出力，她們大樂。

只有一位學繡十字花的學生，不為心動，照樣低頭繡她的樣子布，那是古式少女實習各種針法示範的一方布塊，上面繡滿圖樣，還注明她姓名年齡年份，證明該少女熟練女紅，有資格出嫁。

學生用米色麻布，襯深淺咖啡絲線，正在繡一棵樹，做工精巧。之之給她任務，繡出：「王知也結婚之喜，年月日」，預備繡好了，縫在裙腳。

那匹喬奇紗，要一個月後才快郵寄到，一抖開，像一段雲，大家都感動沉默。

布樣早已做妥，十分簡單，彼得潘小翻領，上衣像件襯衫，背後一排鈕扣，下身是圓枱裙，齊足踝不沾地，兩邊還有插手口袋。就那麼簡單。

拿起剪刀裁剪，經驗豐富的之之，也需吸口氣，才狠心剪下。

學生們這才歡呼。

許多轉彎抹角之處，需要用手工縫製，取其服帖，每天只能做一點點，工作室變成作坊。

知也來看過，感動到雙眼潤濕。

她要擁抱姐姐，之之擋開，「別盡學外國人，一抱泯恩仇。」

知也退後一步，舉手向姐姐敬禮。

大家都笑。

之之說：「別老來盯着看，屆時無驚喜。」

她忙着叫人送鞋樣子來，全部平跟，她最不相信高跟鞋，婚禮怎穿五吋高鞋站七小時。

知也說：「我豈不是矮了一截。」

「決定結婚之時，你已矮了一呎。」

決定選淺淺鞋頭的橫帶瑪麗珍。

之之有點緊張，瘦了一圈。

老媽的上衣與新娘相同，只是翻領稍大，十分嬌俏，越是上年紀女子越要打扮，老媽不穿裙，之之給她做條寬身褲。

學生問：「兩套衣裳可要襯裏。」

之之肯定答：「要，家母年輕之際，央裁縫做旗肩部鏤空，裁縫師傅不允：『王太太，那種式樣是舞小姐所穿』。」

這樣呀，學生們忙點頭。

性感或感性，同露裸肌膚，一點關係也無。

婚禮在汪家山上屋子花園舉行。

知也拉着姐姐觀察場地，車子駛到山腳，繞路，這樣說：「有人群聚集示威。」

「不滿何事。」

「要求可居住可負擔居屋吧。」

姐妹倆不出聲。

踏進汪宅，之之心中讚嘆，汪家一定是老錢主，獨立房屋藏在樹叢，樸實無華，後園可看到整個海港，該日有霧，把山下騷動隔得遠遠。

之之當然有感慨。

知也卻照樣喜孜孜，指揮工作人員搭帳篷，萬一下雨，客人不致尷尬。

之之想起一幅叫「美術館一遊」的西洋名畫：畫與題材風馬牛不相及，畫中農民在一懸崖上如常平靜耕作，像什麼事都沒發生，但是，愛琴海中央，有一雙銀白色羽翼，那是什麼，那是不自量力飛得太接近太陽的伊卡勒斯！他的蠟翼融化，他墜海身亡，這是著名希臘神話故事。

但是，又怎樣呢，其他的普通人毫不察覺，事不關己，己不勞心，照常過日子。

這時，知也叫姐姐：「進屋內試菜。」

之之跟進，知也說：「汪量父母已不在世」，知也介紹：「汪家管事戚太太。」

之之十分有禮，「戚阿姨。」老管家得罪不得。

戚太太一見王家大小姐，不禁一怔，好氣質好禮數，根本與未來汪太太是兩種人。

她不是不喜歡王知也，她是名氣大明星，笑臉迎人，能說會道，這年頭，誰會介意誰結過幾次婚，但這王之之出眾文雅秀氣，只穿襯衫西褲，簡樸無比。

戚太太忽然想起她兄弟尚未成家。

「請坐請坐。」

寒暄過後，益發高興。

「你說說，大小姐，知也不贊成用魚翅。」

之之輕輕答：「呵，這，若干國家都已經禁掉了呢，除出夠咬口，好像也沒有特別味道。」

戚太太笑，姐妹想法一樣。

知也說：「這樣吧，長輩吃，我們不吃。」

管家太太答：「那，是否吃素呢。」

知也走近握住姐姐的手，「汪量不吃素。」

大家都笑。

結果決定，分開兩次請，一次請長輩，另一次請平輩。

之之聽了，只覺得累。

茶點後，戚太太取出汪家珍藏祖傳粵式裙褂。

這次，輪到知也穿。

之之看到，雙目發亮，愛不釋手，她輕輕只用兩隻指尖拎起觀察考究繡工，沒有一寸空位，密密絲線繡上善祝善禱寓意吉祥圖案，呀，美不勝收，低頭一看裙腳有奇景，在最底處，有一排圖案，挽起細看，原來是一班拇指大小幼兒，一數，七八個，每人都梳一綹或兩條沖天炮，笑臉迎人，雙眼瞇瞇，都只穿着肚兜，麻雀雖小，維妙維肖。

之之忍不住失態笑出聲。

知也趨近看，也笑得幾乎坐倒在地。

有人問：「什麼事如此好笑？」

一看，原來是汪量先生到了。

之之只微微向他點點頭。

她走到一旁，對老管家說：「我公司還有一點事，必須回轉了。」

「大小姐去忙，我叫人送你。」

汪量說：「管家，由我來送。」

之之連忙說：「不敢當，你剛剛到，與知也必有話說，我坐司機車得了。」

一邊白衣黑褲女傭捧着兩盒果子出來，「大小姐，管家說給同事們分吃。」

「謝謝，謝謝。」

汪量送她出門，無奈地輕輕說：「拒人千里。」

之之不禁又微笑，也許是人逢喜事，過去一年也沒有今日笑這麼多。

汪量凝視她，真是可人兒，一笑，宛如烏雲露出金邊，整張臉光亮。

之之坐大黑房車回到市區，看到遊行抗議人士尚未散去，天卻開始下雨，紙張橫條淋濕散落一地。

司機仍繞路而行。

終於回到工作室。

助手在門口撐傘等她，緊張地說：「好了好了，回來啦。」

「什麼事？」

「遊行隊伍忽然生氣，開始扔雜物，你沒受影響吧，我讓同學們先回家。」

「你呢。」

「我——」

司機還未走，立刻走近，「兩位小姐，汪先生電話吩咐我送你們。」

之之點頭，「把門鎖上。」

先送助手。

一路上沒看到什麼，只見行人路上人越聚越多，助手握緊之之手。

總算到了，家人在樓下等她，這時，她的親友之情特別要緊。

「大小姐，汪先生問你可要回娘家陪親家母。」

一言提醒夢中人，「是，是，謝謝你。」

司機拿着點心盒子陪之之到門口。

王太太正看電視新聞。

新聞報告中市中心可不平靜，雨聲巴拉巴拉，奇響，鞭撻遊行人傘頂，可是人群堅持不散。

母女一起凝視熒幕。

王太太打開點心盒子，拿起一小塊糕點，咬一口，「唉呀，好味道，這是標準豆酥糖，你從何得來？」

「汪家知道我們是上海人，特地找人做的吧。」

「你怎麼看？」

之之不知如何回答，她看着母親，她對她有着陌生親情，不知如何表達，冰凍三尺，非一日之寒，自少女時代開始，她說的母親全不愛聽，母親所說，是她耳邊風。

「我累了，想睡一覺。」

走近知也房間，只見小床已堆滿衣物，她把雜物推往一邊，側身躺下。

也許是真累了，一下睡熟，做夢。

夢見自己握着三管鑰匙，站在一扇木門外。

「媽媽，媽媽。」她揚聲。

沒有回應，她用其中一枚鑰匙插進鎖孔，打開木門，推開走入，如此順利，倒是一樂，室內依稀是王家祖屋模樣，只兩百多平方呎，住四個人實在嫌窄，這屋子，比她真實祖屋收拾得乾淨，「媽媽，媽媽」，一個人也沒有。

她知道是做夢了。

她發怔，以往，做夢回家，老是搭不上公路車，一直在人群中間站立，「請問往禾田邨乘哪個號碼車子」，終於上到車，又不知在何處下車，過站，回頭走，忽然發覺擠甩一隻鞋子。

有幾次終於找到該幢大廈，又忘記門牌號碼、幾樓，電梯如受鬼魅控制，按了不停，停了不是要去那層，百般阻撓。

到了門口，聽見有孩子哭泣，婦人問：「找誰」，不是家，一次終於認對門口，只見屋內一片昏暗，按不亮燈掣，家裏燈泡壞了永遠不換……

從未似今次夢境那麼輕鬆明活。

可是捱到頭了。

之之苦笑。

她忽然咳嗽，母親推門進房，知也跟在身後，她擠到姐身邊。

之之咳得更加厲害。

母親給她一碗神麴茶。

知也給一顆咳嗽糖。

老媽說：「找到人沒有，孤零零一人吃苦。」

知也笑，「老媽心態不可思議。」

「可不是，」之之同意，「這年頭，生病找醫生，死了叫白車，都有專人招呼。」

「這是什麼話，汪量把妹妹照顧得多好。」

知也先發聲：「你只是看表面。」

「面子做足，已不容易。」

之之說：「知也先發財，老媽一向偏心知也。」

「的確是知也叫我家脫了窮根。」

知也說：「不說這些，我剛剛把鑽冠取到。」

她打開絲絨盒子，就靠在床上，把它戴上。

頓時把知也已經夠明媚五官映得發亮。

「姐，如何。」

之之由衷回答：「好看。」

「珠寶店全部員工也這麼說。」

「巴不得再為你做一頂可是。」

之之起床。

「姐，我送你。」

「我不喜你的跑車礙眼。」

「汪量讓司機接送，」她握住姐手，「你怎麼怔怔的，可是累了。」

之之點頭。

汪量終於不放心還是親自來接送知也。

他說：「老友得到兩瓶極佳蘇格蘭皇室敬禮威士忌，我們去品嘗，之之，你也一起。」

之之一聽便說不出厭惡，「我回家休息。」

汪量像是吃大姨的檸檬已慣，並不介意。

他帶着未婚妻離去。

之之回到自己家，吁一口氣。

網上直播新聞：「……人群漸漸散開……」不知翌晨可要上班。

第二早工作室裏只有助手，學生紛紛告假。

只有繡十字花的那位學生仍然努力。

之之走近。

「我有些十字布樣板，你可以參考。」

「我喜歡古老那些。」

之之取出盒子。

那位太太選半晌，把一張取手中，「這張好。」

之之一看，是張極之簡單樣板，上邊寫：Jesus Loves Me，耶穌愛我。

那太太忽然淚盈於睫，這幾個字觸動她神經，叫她傷心。

之之連忙安慰：「來，先把名帶縫到婚紗腳下。」

「是，是。」

婚服已經成形。

「令妹一家忙得不可開交吧。」

之之微笑，知也注定一輩子做富貴閒人。

「老師，可否讓我們觀禮，我們想看看新娘穿上衣裳的姿態。」

「婚禮有好幾場，大家到教堂觀看第一場吧。」

「我們還以為可去私家花園。」

之之只是笑，這叫得隴望蜀。

知也探聽：「還有布剩嗎，兩個女儐相Anna與Ava……」

之之嘆口氣，「只能做兩條束腰裙，上身，穿T恤吧。」

「Tee？」

「隨便什麼顏色花樣均可。」

「是是是。」

效果一定比一套套制服般伴娘裙自在活潑。

終於到了大限。

那一天終於要來。

知也換上禮服，別人驚艷，她卻左擰右扭，「腰間鬆兩吋，快改還來得及。」

之之繃着臉，「不喜歡？我收回。」

知也助手在一旁說：「就是鬆一些才自然，王小姐，我見過不少婚紗，這件最美。」

「真的？」

有人接上：「式樣簡單純淨，叫王小姐看上去年輕十年，像煞新娘子，只化妝還可以淡一些，口紅不必大紅。」

一看，原來是專家韋偉。

「我不請自來，十分唐突。」

知也說：「不不不，城內名人歡迎之至，只怕請不動。」

「時間到了。」

「鞋子，鞋子！」

之之幫母親戴上大假鑽耳環。

知也沒戴頭紗，她一步步走出，明媚微笑，全場注目，之之鬆一口氣，不辱使命。

韋偉坐在她身邊，「王小姐，我佩服得五體投地。」

「只此一回，下不為例。」

「你自家的禮服呢。」

之之脇下某處一痛，不出聲。

「這不過是一襲妹裙，之之，你心思特別。」

全場最漂亮的是老媽王太太。

她還有一件披肩，兩層紗質料子當中鋪一層人造棉，胖鼓鼓像小被子，既輕又暖，與衫褲一套。

至於汪氏兩個女兒，上衣穿紋身圖案T恤，下邊繫紗裙，樂不可支。

客人悄悄說：「一對新人真漂亮」，另一個搭腔，「都不是新人了，經驗老到」，「咄，就算開心今日這一會子，也是值得。」

之之回過頭去，向她們微微笑。

人客噤聲。

值什麼得，叫人評頭品足，王之之才不幹。

以下幾檔，之之就失陪了。

韋偉說：「本來想求你喝杯茶，但我得回報館趕稿。」

之之揚起一道眉。

「我在光明日報有一個專欄，叫『每日婚紗』，胡亂評論幾句。」

之之駭笑，「我應請茶，美言幾句。」

「王之之，你是天才，與我合夥如何。」

「不不不不不。」

「教做鈕門太糟蹋人才矣。」

「但是，千里之行，始於足下，做好基本步，從一樓開始，才有十樓八樓。」

韋偉一怔，「更加佩服。」

「寫好一點。」之之替他撣一撣肩膀上灰塵。

新娘離開教堂往夫家時在車窗大喊：「姐姐呢，姐姐呢。」

之之不去睬她。

第二早，韋先生在光明日報的婚紗評論是她在店門貼出那張告示的原因。

——本店不做婚紗。

韋偉這樣寫：「……Gia 該日看上去似小仙子，老實說，平時，她眉梢眼角略具一種媚態，尤其在銀幕上，近鏡：眉毛角一挑，男觀眾為之醉倒。但今日，在禮堂中，鑽冠下，穿着姐姐 Gigi 設計素淨禮服，那種藍色淡得幾乎無色無相，她似回到少女時代，大眼睛充滿憧憬……」

想不到韋偉文筆如此奉承又誠懇，之之感動不已。

好話人人愛聽。

城內諸名媛當然嚮往不已。

先是上門詢問，之之不耐煩向每位女士都解釋應酬，印出婉拒單張派發，但是她們仍然陸續上門，之之只得在門口張貼告示。

語氣有點強硬，已不算婉拒。

學生們詫異：「為什麼，老師，大好生意途徑，我們都盼望出一分力，跟你學習。」

之之搖頭，「那不是我的一杯茶，你們想學做婚紗，我介紹你們到韋偉大師處。」

門外仍陸續有女賓張望。

王太太上門，看到，駭笑，「之之如此囂張！」她送來知也禮服，「可否清潔一下收好。」

真是衣裳也有劫數。

酒漬、奶油、肉汁……腋下已經撕爛，裙腳落下，臀位稀皺，衣裳像去過打仗，報銷，還魂乏術。

王太太還抱着希望，「還行不行。」

衣領應聲落下。

之之搖搖頭，「香消玉殞。」

王太太嗒然。

「你那套呢。」

「我早退，沒同他胡鬧，幸保不失。」

「夫家那套名貴古董裙褂呢。」

「只穿上拍照，馬上脱下。」

王太太展示錄影。

只見知也穿着大紅裙褂，戴滿金飾，忽似模似樣跳起印度舞，雙手一起放下巴之下，脖子左右移動，大眼珠瞄向這邊，又轉向那邊。

半醉的汪量笑得翻倒，看樣子魂魄已迷惑地去到九重天。

之之沒好氣，這男子如此英俊的皮相，卻擁有這般傖俗靈魂，不過，知也配他有餘。

他倆或許會白頭到老。

王太太告辭。

之之讓助手把衣裳在蒸氣機裏烘五分鐘殺菌，然後，用軟紙包好，放進大紙盒，送入儲物室。

總算告一段落。
為這一件衣裳，皺紋都跑出來。
韋偉邀請她喝杯茶。
就在他店舖樓上。
之之願意赴約，她喜歡他。
「你文筆很好，有說服力。」
「編輯也這麼說，之之，同行讚同行，不容易呵。」
「謝謝你。」
「之之，看樣子，你是一個可以說話的人，不日我將舉行婚紗展覽，可否給些意見。」
「恐怕叫你失望，我最討厭婚紗裝模作樣，浪費金錢。」
「喂，待嫁女士們可不那麼想。」
「她們被誤導：認為結婚是生命中最重要日子。」

「之之，你太偏激。」

「大學畢業之日才重要，申請工作成功也重要，成為業主也重要，三年連升三級更重要——」

「不許再說下去了，太淒涼啦。」

之之不出聲。

「來，試試我們自製的小杯子蛋糕。」

那小小鬆糕只得一口大，檸檬香味叫之之「唔」一聲。

「我手藝還不錯吧。」

「韋先生，你八面玲瓏。」

他忽然沮喪，「家人都不喜歡我，三個兄弟面子不做出來，但我一出現，他們都會謹慎生硬說話，唉。」

之之沉默。

「你對我不會如此。」

之之把手放在他肩上。

「不說了，在朋友面怎好說家人不是。」

這是正確的，不過喝杯茶，聊幾句，何必在人前說至親不是，閒人會同情嗎，可否到他家去住？不過給別人製造茶餘飯後閒言閒語。

之之問：「可以看看圖樣否？」

韋偉高興遞上冊子。

之之翻閱，「我是照心直說，愚見有所得罪之處，請勿見怪。」

「圖樣精細，心目中已有客人，模特面孔栩栩如生，分明就是未來新娘，之之認得：「這是孔家小姐，那是劉家二太太的女兒……」

韋偉確有藝術天份。

之之輕輕在所有蝴蝶結上用鉛筆打一個大××，「任何時間任何情況之下，女性都不是禮物。」

「她若自願呢？」

「做不長啊。」

這時，員工領試穿婚紗的一位女士進入。

「韋先生，卜小姐有點要求。」

韋偉立刻跳起，「茜茜，何處不妥。」

那叫茜茜的女子年紀不小了，看出已盡量保養維修，臉皮修飾得繃緊，笑起不自然。

她上下打量之之，忽然說：「我知道你是什麼人，你是王之之小姐，替妹妹設計的婚紗譽滿全城。」

之之只得微笑，被認出來了。

「王小姐，給些意見，我這襲裙子，彷彿還欠什麼，請請請給些意見。」

之之看她被腰封束得透不過氣，順手取起一把剪刀，走近，在腰處嚓一聲剪下。

韋氏嚇得臉色發青。

那茜茜啊一聲，發覺可以呼吸，肋骨不再疼痛，還來不及反應，之之再次刷刷刷，把肩上胸前以及臀部大中小絹花全部剪除，頓時，衣裙不知清麗多少。

一地都是落英。

韋偉一聲不響，把大鏡子移到茜茜小姐面前。

之之說：「請取一幅到地頭紗。」

然後，從頭到尾把紗罩進茜茜。

茜茜一看，鏡中人真是她嗎，這樣子，才像開始做新人，才配走入禮堂啊。

「對了對了，就是這樣。」

她忽然蹲倒在地，忍不住飲泣。

韋偉連忙把她扶出安慰：「不是一直要像安琪兒嗎？你得償所願。」

之之把手中的剪刀輕輕放下。

她取起手袋，離開韋氏店舖。

韋偉追出，「謝謝你。」

「我一貫收顧問費。」

「那當然，一定。」

「有空再聊天。」

韋偉鬆口氣，「我多了一個良師益友。」

之之答：「我也是。」

「之，你不嫌我俗套？」

「偉，你不討厭我孤清？」

兩人大笑。

之之回娘家吃飯，一碟蒜子炒莧菜，外頭吃不到。

「知也與新郎倌何處去？」

「在埃及一個叫阿斯旺的地方看肚皮舞。」
之之失笑，「這亦叫做活着。」
「大妹，你亦可以去。」
「我沒有興趣。」
「是什麼叫你萬念俱灰。」
「母親，我生活靜好，別無他求。」
「為那個人，太不值得。」
「你還要誤會到什麼時候，母親，對我有些信心。」
「知也亦遭受過感情挫折，可是她恢復得多好。」
之之不禁笑出聲，母女倆你說你，我說我，還要到什麼時候呢。
「不說這些了，我比甘表姐幸運，前姐夫花廿億追她到手，最近再花廿億攆她走。」
「那身邊至少有錢傍身。」

「母親別為我擔心事。」

「喝多碗雞湯。」

之之說：「我來取去年的大衣。」

「早送到慈善機關，趕快去置新衣。」

之之到小房間中找，忽然看到知也的鑽冠擱在床頭。

啊，真瀟灑，知也不枉來這世界一場。

之之到熟悉店舖選冬衣。

氣溫仍在攝氏十九度，再降三兩度，冬衣保證全售光。

「王小姐，二小姐替你留了兩套，你看看，她說你就是喜歡清一色服飾。」

店員取出鐵灰與駱駝色兩套，長大衣與西裝衣褲。

之之點頭。

「二小姐最明白王小姐心思，她替你留了大號，略鬆些。」

「包起來吧。」之之拿出錢包。

「已經付過了，」又說：「她說，蒂娴今季有窄腰外套，非常適合你。」

之之笑，「好，好。」

「本店認識他們，叫他們也送過來可好。」

「下次吧。」

這時，店員忽然匆匆拉上店門大閘。

怎麼了。

「斟咖啡給王小姐，少奶不要糖，王小姐，請稍留步，外邊有遊行隊伍可能路過本店。」

啊！店員都緊張起來，查看資訊。

靜半晌，店長出來，「王小姐，對不起，我替你叫車，兜路回家，唉，今季生意淡許多。」

之之點頭。

片刻店長鬆口氣，「隊伍往北隧道方向去了，王小姐，對不起，車子在外頭等。」

開一道小門，送之之上車。

之之這才發覺忘記拎大包小包，店員忽忽追出送上。

計程車司機看到諷刺說：「什麼都不妨礙富貴小姐女士們購物換裝啊。」

不知怎地，之之有點不好意思。

社會分歧，就是這種格格不入的觀念累積所致吧，不好說什麼才是駱駝背上最後一根稻草。

司機見她不出聲，也適可而止。

之之說：「請在這條街前邊咖啡店讓我下車。」她付多一些小費。

工作室就在橫街。

鬆口氣。

工作室已下課，助手收拾雜物。

之之忽然聽見「嗚哇」一聲，這是什麼？

助手連忙說：「王小姐，我妹妹去看醫生，把孩子託付給我一會兒，對不起，沒預先知會。」

之之走近，看到一個嬰兒抓住一團線球在玩，笑嘻嘻，非常高興。

可憐小生命，一向悲觀的王之之這樣想：他不知前邊的荊棘路有多長。

之之退開。

這時，她接一通電話，對方說：「我是汪量先生秘書阿井，王小姐記得我嗎，汪先生知道交通不便，吩咐車子接送，司機叫老黃，王小姐，你在什麼地方，我通知他。」

之之長長吁出一口氣，「真來得及時，請先到——，然後往一間醫務所，再送我回家。」

「明白。」

助手說：「我怎麼都叫不到車，正在急。」

「在車上也要小心。」

片刻司機拍門，「老黃向王小姐報到。」

之之吩咐：「繞上西半山，往南灣，再駛下到北區。」

「明白。」

之之又問：「寶寶夠奶水否？」

「吃的夠，換的也有。」

「換過再走，免得臭氣熏天。」

連司機老黃都笑。

助手嗟嘆：「生一個孩子，簡直腳鐐手銬，逃難也艱難。」

總算安全上了車。

這也是之之不喜歡孩子的原因。

她因此想起母親一個女人把她倆帶大是何等苦事。

沒事做，她把學生功課取出給分數。

人人都有甲，最壞的，也有乙。

她才不會以為自家真是老師，雞毛當令箭，濫用權力，搞得學生無趣。

工作室不算大，這時也覺空蕩，妹妹已嫁出，從此生活，想必更寂寥。

也許，工作室可以改為育嬰院，吃香又熱鬧。

之之訕笑自己。

市面亂，之之想起母親說外婆說的故事。

中日戰爭已到末期，但鄉民還是湧到城市，外婆孩子多可派用場，天天早上差老二到街上買大餅油條，外公性子急，不體諒妻兒，等不及，搶着出門上班，可憐的孩子追上哀求：「爸爸，你吃一口，爸爸，你吃一口。」那父親鐵石心腸拂袖而去。

當時之之聽得不忿落淚。

這可憐的二舅。

後來，才知道，這買早餐的路途談何容易，一路上有飢民搶錢搶食物，迅速竄上用手大力一拍，食物掉地下，無論掉泥地或是垃圾堆，搶起便往嘴裏塞，像打仗般才能掙扎到家……

啊對，垃圾堆上往往有嬰兒屍身，外婆說：「倒是不怕，像睡着一般。」

之之這時忍不住打個冷顫。

老媽說：「太平時勢過久了，簡直像在蜜糖罐浸大，我家何嘗沒窮過，你外婆生氣時罵我窮鬼窮命，幸虧知也初中便叫模特公司看中，有收入幫補，接着拍起電影，討喜討好——」

是的，所以王太太偏心知也。

之之與知也是兩代人。

啊，忍耐孝順的二舅，今日如何？皇天自然不負這樣的人，他在工作上節節上升，收入頗豐，王家困難時，一直靠他資助。

生父離開這個家三個女子的時候，知也還小，渾渾噩噩看着母親以淚洗面，姐姐打理她衣食住行，姐姐前往親戚處借貸，姐姐捱親戚嘴臉，姐姐……

司機回轉。

笑着對王小姐說：「還好，順利完成任務，我還買到及第粥給王小姐。」

「謝謝你，我不吃，你享用吧。」

「怎麼可以，二小姐說王小姐太瘦，要多吃點。」

此刻，是知也照顧之之矣。

「回家去吧。」

「我明早送王小姐上班。」

知也找姐姐。

之之說：「多謝你家撥兵馬過來，肚皮舞可觀否。」

「嘩，嘆為觀止，回來，非得找師傅學習不可。」

「汪先生有福了。」

「呵呵呵，市面如何？」

「所有可以打碎的東西都差不多爛掉。」

「汪量說，有信心可恢復舊觀。」

「我也這樣想，但到底，傷過心的人總戚戚然。」

「姐，你看我們多樂觀。」

是嗎。

「姐，下次放假，到阿根廷看真正的幽怨探戈。」

之之不相信知也會完全忘記過去。

壞記憶像紋身，那是烙印，用鐳射激光洗脫，捱盡苦楚，據知也比，紋上去之際更痛，但，總有淡淡印子，別人看不出，自己卻知道它存在，創傷永難磨滅。

當初，知也把丈夫名字紋在脇下，那是全身皮膚對痛至敏感之處，之之勸她不聽，之之賭氣：「將來，換人之際，索性在那人名上打一個交叉，再紋新的名字」，被知也啐不知多少聲，但之之不幸言中。

知也，不過是表面上裝得滴水不漏。

已經不容易。

這次旅行，汪量一個人回轉，「我讓岳母到倫敦陪知也，之之你可要一起？」

「你十分周到，但我走不開。」

「你太固執。」

「沒法子，自家生命，自家控制 。」

「那你搬來同住。」

之之大笑，「沒聽過比這更荒謬建議。」

汪量斜斜看她。

他真是漂亮的一個男子，雙目明亮，鼻子特別高大，一到人中，收為棱角分明肉肉嘴唇，下顎剛強，而且，有濃密鬍髭，這妹夫得天獨厚。

他說：「我擔心你落單。」

王太太也不願動身，「那邊冷嗎，要多少層衣物？」

結果由井秘書陪她乘小型飛機往上海再轉歐陸。

王老太對汪量滿意，「這才叫半子，陳阿姨家三個兒子，那是全身躺下做別家乖女婿，送樓送車贈學費。」

「媽，別家私人財產，別人愛怎麼花，就怎麼花。」

「我擔心你，釘鈕子做花邊到幾時。」

之之忍聲吞氣，「媽，你玩得高興些。」

工作室只剩之之與助手。

助手滿腹牢騷：「怎麼會搞成這種地步。」

同夫妻反目一樣，因為雙方均不肯忍讓，步步逼近對壘，越來越氣，雙眼發紅，另一方還是不肯鬆手，於是一起捨命反抗。

「為什麼？明明唇齒相依。」

「因為是個劫數。」

「越說越玄。」

「這樣吧，這裏無事，你領有薪假期。」

「怎麼好意思。」

「非常時期，非常措施，每日回來轉一下便行。」

「那我每日下午三時左右來看看。」

「大家謹慎。」

助手離去。

之之獨自看網上新聞。

有人按鈴，之之警惕，一看，是韋偉。

她展露笑臉，像所有不愛笑的人一樣，她笑起來特別好看。

韋偉看得一呆。

他拎着食物。

之之正肚餓，盒子一打開，辣氣沖天，原來是韓國炒辣年糕。

之之說：「我不吃辣。」

韋偉說：「對不起對不起，你吃我的素沙律吧，不過，我有好消息作補償。」

他打開網頁，題目：王知也婚紗的模仿者：嘩，十來襲設計都與知也婚衣相似，有些袖子改作女童裝蓬袖，有些裙身多添三層，加縐邊，有一件變成大低胸……顏色繽紛，紅黃藍白都有。

之之看着大笑。

韋偉說：「都醜得會叫呢。」

之之神經鬆弛。

「韋，你的店門沒受損失吧。」

「可記得敝店沒有玻璃櫥窗？我索性裝上木板，休假。」

「諸名媛可有改婚期。」

「才不，她們改到外地結婚。」

市面不安穩，吃苦的還是普通大眾吧。

「韋，你可有護照。」

「澳大利亞，你呢。」

「英國。」

「為什麼還留本地？」

「韋，你可聽過一句話，叫雖信美而非吾土兮，在外國住過一段日子的人，都會知道，離鄉別井，別有一番滋味。」

韋偉苦笑，「首先，孩子受他國免費教育，受洋人悉心栽培，自由自在，成年後全變成他國小國民，天下無免費午餐，他們那套，上一代未必能夠接受，第二，你英語說得比他們好，住足三十年家人當過兵是老華僑，在停車場吵起來，他們仍會叫你回祖國，一次，我冷冷反問：『閣下呢，也可回蘇格蘭或烏克蘭。』」

「有無大打出手？」

「朋友把我拉開。」

之之說：「一次在超市我無意在白人太太後邊張望，她大聲喝問：『我妨礙你嗎』，我即時道歉，一邊走開：『女士，我無意冒犯，請原諒我，對不起，對不起』，惹得旁人都笑。」

「這也是辦法。」

他們苦笑。

「會不會是一移民即小器。」

「磨擦次數多了，自然不快。」

「唉，之之，與你聊天真開心。」

「請多來坐。」

「我怕別人誤會。」

「誤會什麼，有什麼可誤解。」

話還沒說完，門鈴又響。

「客似雲來。」

「我去看看。」

門外打着黑色大傘的英偉男子是汪量，他身穿深色西服，手持鮮紅玫瑰花。

之之忍不住在心中喝一聲彩。

進得門來，他說：「我替你帶吃的，這時刻你一個人在工作室幹什麼。」

一轉身，看到韋偉。

韋正注視他，連忙不好意思轉頭。

之之說：「我來介紹——」

汪量何等機靈，連忙說：「我放下東西便走，你們慢慢聊。」

他瀟灑地轉身出門。

之之並沒有阻擋。

打開食物，「唉，是小籠包子。」

韋偉微笑。

之之說：「那是我妹夫。」

「我知道，報上雜誌滿是他照片，真人竟比上照還好看。」

「是，的確英俊，女子沒有不盯着看的。」

「我也目不轉睛。」

「此人極好女色，不適合你。」

韋哈哈大笑，「之，他對你有特別好感，我看到他手捧玫瑰花，有點尷尬，耳朵燒紅。」

「你別誤會，這種男人，叫他全身脱光都不會難堪。」

「你不喜歡他。」

「老皮老肉的結婚專家。」

「是，他確實少一分氣質，一個男人，專注時最漂亮，對工作對家人對朋友，也許覺得自身天份橫溢，他比較輕浮。」

「之，如此挑剔，難怪孤獨。」

「你見過極小的孩子緊張地在練習簿上寫字否，紙張被手汗染濕雙目炯炯，多麼可愛，又天文物理科學家努力講解愛因斯坦宇宙繩弦理論，全心全意，都叫人佩服，汪量沒有這種魅力。」

「他能賺錢，而且看樣子相當慷慨，這也是優點，之，這年頭，像子貢比像顏回安全得多。」

「明白。」

「之，加入我的設計室，你仍用你的名字做品牌，我借你名號以壯聲勢，抽20%佣金，如何。」

之之搖頭，「與人合夥，遲早反目。」

「喂，可否謹慎樂觀地添些信心。」

「你回去吧，我也得鎖門。」

司機阿黃在門口等，緊張說：「早些回家，到處放火呢，我先送王小姐，再送這位先生。」

「不，先送韋先生。」

韋偉不禁說：「之，你待朋友真好。」

韋住半山一幢半獨立洋房，他的伙伴，一個中年外國人，開門釋懷出來迎接。

韋介紹：「這是但以理。」

之之點頭。

車子加速駛走。

第二天一早，汪量穿着運動服探訪。

之之訝異，「你還跑步。」

他把手機交之之，「知也有話說。」

他進廚房動手做早餐。

知也樂不可支，「姐：我運交華蓋，國際環球找我拍戲，不是科幻，不是打鬥，是廿一世紀時裝電影，劇本我看過，也不是販賣土產，你說多難得！全部在英倫取景——」她一直滔滔講了廿分鐘。

之之揚聲：「汪，你不反對？」

「讓她有點事做也好，我已派律師過去幫她。」

「可能要裸露呢。」

汪量拿着鑊鏟出來，一本正經說：「我從不反對女性脫衣。」

之之沒好氣。

但是她聞見香味，進廚房一看，煎雙蛋、香腸、班戟，且有兩碟之多。

之之問：「這是我的吧，沒想到你進得廚房。」

「嘿，你一早對我有偏見，看扁我，我的好處不止一點點呢。」

之之瞪他，「這是你對姐姐說話的態度嗎，再不改輕浮，我趕你走。」

他沉靜一會。

之之勸：「叫知也息影吧，多一事不如少一事，以免節外生枝。」

「她說等這機會已有十年，這些日子她都幾乎出名，但是次際遇可使她飛躍到另一境界，脫離其他艷星領域。」

這是真的。

再也不用被紮成一綑，一起合照，登在雜誌彩頁，面孔只得火柴頭大。

誰都在等這個鶴立雞群的機會。

「要拍多久？」

「三個月。」

「不是演名妓賽金花？」

「是時裝故事：一個華女在倫敦金融市場扮演催化劑，做成不少內幕交易，相當精彩。」

「總有男主角吧，誰？」

「我對男演員沒興趣。」

「可要梳娃娃頭，穿窄身高叉旗袍。」

汪量笑，「你問她，她會有詳細報告。」

「如無類似因素，如何賣座。」

「誰關心票房。」

汪量這時説：「家務助理想必不會來，我幫你洗碗。」

「啊——」又一次意外。

「在外國讀過幾年書，説不會洗碗拖地，那是騙人。」

他熟手把盤碗洗得乾乾淨淨。

「我叫人替你張羅些食物回來。」

誰家園

「你有辦法?超市都關門。」

「向辦館直接要呀,平時一箱箱向他們要香檳呢。」

之之笑彎腰。

這時,助手來電,說要往澳市探訪親人。

「明白,停薪留職。」

「謝謝王小姐。」

「那個嬰兒也一起嗎。」

「就是為着他呀。」

稍後汪量說:「知也希望你去陪她。」

「不。」

「你像那種頑童,扭紋柴,人家無論說什麼,你都說『不』,藉此為樂。」

「不。」

「你乖乖耽家中，別四處亂走。」

有個伴真好，有商有量，分擔壓力。

但是，請客容易，送客難。

而且，他是她妹夫。

他去沒多久，辦館送食物上來。

這時，鐘點女傭也到了，連忙收拾。

之之問她可要放假，她搖頭，「不用吃飯嗎。」

之之點頭。

她不用看自家存摺也知道數字從來不會超過五位數，她手癢，若有一整筆數字必定送到宣明會，最近一張收條給知也看到：「什麼，十六歲還靠救濟？我與之姐十六歲已打工找外快。」

稍後知也來電：「你可知這些時候汪量在何處，他電話不常開着。」

之之勸說：「你要大方些，讓他找不到你這個國際大明星，而不是閃閃亮的你到處亂找他。」

「這裏政府也相當關注我們情況——」

之之忽然生氣，打斷知也：「關注個屁！當初是誰把誰慣壞又扔下不理，簡直是始亂終棄，最最惡毒。」

「姐，你可要過來看我拍戲。」

「不看！」

「姐，我介紹男主角肖恩給你認識，他太太太有氣質，寂寥而不孤僻，文靜得來合群。」

之之沒好氣，「那麼頂尖，留着自用。」

「姐，你還好吧，為何心浮氣躁，吃得好不好，天氣將涼，穿厚些。」

之之按熄電話。

女傭替她燉了鮑魚雞湯，真鮮甜，平時，她這個巧婦難為無米之炊，今日，有豐富食材，大施巧手。

之之靠在床邊，漸漸盹着。

耳畔傳來喧嘩之聲，雜聲隆隆，又啪啪不斷的響，她睜開雙眼，忽見火光。

之之起身，走到窗前。

只見兩方面的部隊緩緩操前，短刃相見，彼此拿動武器，從高處看下，人群宛如蟻群，好不詭異。

有人敲門，「王小姐，我是鄰居馮太。」

之之去看個究竟。

「王小姐，我家無隔宿之糧，冒昧借些食物，方便時一定雙倍償還，孩子們想吃豬排飯，叫了外賣，可是店家說沒法送上。」

之之不由得微笑，「請進，隨便挑選。」

馮太太一看廚房內食物堆得滿坑滿谷，意外之喜，「嘩，沒想到王小姐單身人如此周到。」

馮太太挑了豬排洋蔥。

之之把那鍋雞湯也送上，還有半籃水果。

馮太太忽然沉下臉，「王小姐，你我可是患難之交。」

大家都是吹彈得破的城市人。

再轉回窗口探望，人群已經散開，一地瓦礫雜物，像是開過大型露天音樂會。

韋偉先問候：「可好。」

「還行。」

「可要搬來與我與但以理暫時同住有個照應。」

什麼話。

本年度下半年男女同居數字想必直線上升。

「不，我有鄰居照應。」

「之，隨時聯絡，萬勿見外。」

「謝謝。」

「我在家畫了幾個樣子，傳給你看。」

因減少外出，大夥都勤力起來。

之之已多年練成功夫，守家已成習慣，當作小菜一碟，不以為苦。

第二天，鄰居馮太太說：「我已買了菜回來，做了雞粥給你，另加炒米粉，昨晚真感謝你。」

之之答：「再說我臉紅了。」

「像你這麼大方得體漂亮小姐，為何獨身？」

之之忽然無奈，「我也這麼想。」

「男人，都瞎了眼。」

之之接過食物。

「有機會我替你介紹男朋友。」

盛出雞粥，剛想嚐，汪量到。

連之之都起疑心，「親愛的妹夫，你天天在我家蹭着，妹妹怨找不到你人，究竟你有什麼事。」

他一見雞粥，先捧起喝個清光，然後，拿出醬油，慢慢品嚐雞肉。

「怎麼找不到我，我下週出發探訪，這知也瘦了一點，她説同場演員演技高深，叫她緊張失眠。」

「我以為她例牌演回自己。」

「不，導演嫌她表情實在太多，警告她如果再眼珠亂轉，雙肩晃動，就替她打麻醉針。」

如此大侮辱！

「知也很自卑，她說：『小妹也算演過十來部戲，擁有觀眾與知名度……』。」

「可是要解約。」

「我也那樣問，她説不，非要克服困難，做全面演員。」

之之不出聲。

「要不要看劇照。」

汪量取出電話。

啊，判若兩人。

劇照中的知也面色沉着，近乎無妝，穿一件T恤，無首飾，頭髮竟被剪短像男孩，這麼大犧牲，由此可知導演與美指說服力巨大，她自家也有不再演美女堅定決心。

「之，你看看，此刻的知也像誰。」

「脫胎換骨的知也。」

「之，你難道看不出她像你？」

之之一怔。

汪量說：「收到照片我嚇一跳，這不是王之之？」

之之凝視照片。

「還有其他照片。」

之之再看其他一列劇照，知也即使穿漂亮裙子，也有幾分像姐姐。

「確是兩姐妹嘛。」

「失去一個知也，得回兩個之之。」

「不過是一部戲的要求，原本知也可愛活潑樂觀，什麼時候都像一道金光，我十分欣賞，觀眾亦然，演員應該以多種面貌示人。」

「你看她眼神多憂鬱。」

「那是因為見不到你。」

「哈哈哈，才怪，該套戲每個演員眼神都如喪考妣，你看這男角。」

男主角叫什麼？肖恩可是，真清秀的一張臉，靜沉如一池不見微波湖水，好氣質，不過，知人口面不知心。

之之不由得問：「汪你看些什麼戲？」

「美歌舞劇咸美頓就相當熱鬧。」

明白了。

「嫌我膚淺？」

「汪，我從來未曾那麼說過。」

「你腹誹我。」

「你這妹夫真叫我吃不消。」

這時有緊急電話到：「王小姐，你工作室的防盜鐘響起，已通知警方，可要去看看？」

之之相當鎮定。

汪量說：「只得幾張桌子，待警方處理也罷。」

之之說：「不，有一件重要物品在儲物室。」

她立刻披上外套，預備出門。

汪量說：「我陪你。」

下樓，司機正在看交通情況，「汪先生，該處平靜。」

他們立刻上車。

車子到工作室，已有警員在門口巡視。

汪量先下車與他們打招呼。

一個女警上前，「警鐘誤鳴，我們已經查探過，門、窗，皆無恙。」

汪量連忙掏出名片，「打擾兩位，不好意思，隨時聯絡。」

另一位警員說：「不礙事，汪先生，汪太太，你們檢查一下。」

汪量是名人，不稀奇，他們錯認之之為知也。

之之用鑰匙開了門，走進工作室，開亮燈，一切平靜安好，她放下心，吁出一口氣。

一番擾攘，她額角冒出汗。

汪量說：「我們回去吧。」

還有一件事。

她走進儲物室。

架子上放着兩隻大盒子。

她取下一隻，打開瞄一瞄，隨即合上。

站在附近的汪量眼尖，看到裏邊衣裳淡藍一角，即時認得是知也的婚紗。

噫，之之收得這麼妥當，真是情真意切，愛惜妹妹。

只見之之遲疑一下，把另外一隻盒子也打開一線，噫，乳白色，是另一件婚紗。

這必是另一客人訂購，之之不放心，特意查看。

之之見兩件衣服均無恙，輕輕說：「走吧。」

汪量說：「明日我讓人替你大門加把鎖。」

之之想，任何門，再牢的鎖，也不過是防君子，否則，還不是鐵頭鞋一腳踢開。

她照樣謹慎地鎖上大門。

阿黃把車子輕輕駛近。

路上與行人道均有雜物及磚塊。

汪量伸手去扶之之，之之輕輕甩脫，就這一下子，她左腳踢到不知什麼，身子失去平衡。

汪量企圖再拉住之之，卻連他也被之之扯跌，之之先摔在地，他也壓到之之右邊肩膀與手臂。

司機連忙撲下車相幫。

三人同時聽到輕輕一聲「啪」。

不好！

之之想掙扎起身，已經不能，「痛。」她輕輕說。

汪量大驚失色，扶起之之上身，不見血漬，但立刻看到之之右前臂分為三截如三節棍般垂下。

骨折。

他抱起她，向司機說：「去靈糧醫院急症室。」

司機一路上闖兩次紅燈。

汪量在車上用電話找到秘書，鎮定吩咐幾句。

另一隻手緊緊抱住之之，「都是我粗心大意。」

忽然哽咽。

一路上之之像受驚孩子般閉着雙眼，像是看不見的東西就是沒發生過。

痛得咬緊牙關，嘴唇出血，只是不發一聲。

她對自己說：尊嚴，王之之，尊嚴。

急症室外已有護理人員等候，立刻扶起之之，汪量那井秘書也已趕到，「已知會鄧醫生。」

之之立刻得到最迅速護理。

鎮痛針藥下去，之之才能暢順呼吸。

她滿臉都是冷汗，眉頭皺緊緊。

護士替她抹汗，「準備檢查。」

汪量一直握住之之的手，這時護士把一方紗布遞給他，他抹的卻是眼淚。

之之呆呆看着他。

她一直嫌這個妹夫輕浮，天大事只當兒戲，大膽蹉跎，吊兒郎當過日子，這一剎那，她對他改觀，這人並非沒有真感情。

醫生吩咐把移動X光機推進，拍了照片，與汪量一起看，「是複數骨折，要立刻做手術駁回。」

汪量結巴：「日後——」

醫生微笑，「接着，悉心休養即可。」

之之示意汪量接近。

汪量把臉趨近。

「千萬不可向家母與妹妹透露消息，切勿驚動她們。」

汪量一直點頭。

「你，回家好好休息。」

他又點頭。

「現在，可以放開我的手。」

汪量連忙鬆手。

看護忍不住微笑，「汪先生深愛汪太太。」

之之被推入手術室。

汪量拉住醫生，「現在，可以說實話了。」

醫生答：「也不是難事，可能折骨處需要磨去一些，做整齊接上，前臂會短一公分左右，放心，我是骨科神醫。」

汪量說：「都是我不好，我壓她手臂，底下有塊磚，成為砧板……」

「意外，不怪你，回家休息。」

「不。」

他到衛生間照到鏡子，不像樣子，一臉鬍髭渣，蓬頭，衣衫骯髒，腋下胸口全是汗漬，之之醒轉看到怎好，出去說：「你們守着，我去理髮淋浴，有事即刻通知我，沒事隔十分鐘知會我一次。」

他心裏煩躁，同理髮師說：「剪個平頭，刮光鬍髭。」

然後回家用藥皂淋浴，換上運動衫褲回轉醫院。

司機與他都沉默。

他找酒喝，「咦，為什麼不用有酒吧的丹姆拉呢。」

「對不起，汪先生，是我自作主張，這輛沒那麼礙眼。」

「你做得對，可是我的威士忌呢，叫辦館送來。」

「汪先生，如今淩晨三點半，他們還未開門。」

汪量致電相熟酒館，「湯米，打烊沒有。」

「沒生意啊，我一個人守店。」

「行，給我準備——我十分鐘後到。」

「明白，汪先生。」

司機已經開始駛往酒吧。

湯米在門口等他，遞上用果醬瓶裝的威士忌加大冰。

汪量取了即走。

在車上喝兩口，元神緩緩歸位。

「阿黃，你說，是否我的錯。」

「汪先生，絕對是意外，大小姐不會怪你。」

「好好右臂，毀在我手。」

「大小姐也不會怨你，大小姐最豁達大方容人。」

汪量嘆氣，連司機都知道之之為人。

「天怎麼還沒亮。」

重返候診室，看護看到剪平頭的他幾乎不認識。

「怎麼樣？」

「汪先生，手術進行順利。」

井秘書上前，「汪先生，醫生囑你吃些早餐。」

「吃不下。」

「這是我讓家母熬的白粥，你喝兩口暖胃。」

「啊，不敢當。」

連忙打開暖壺喝，果然，暖意自喉至胃，忽然添上勇氣，吁口氣。

助手見他憔悴不堪，十分不忍，坐一旁輕輕告訴他公司近事，汪量一一指導如何解拆，每隔一會，汪量便問：「鄧醫生怎麼還未出來？」秘書忽然面有難色，「汪先生，汪太太多次來電找你，說是固網手機均找不到人，她那電影拍攝進度有點阻滯，恐怕要超期，她把若干工作人員挪到汪氏的莎瑞莊園度假，那邊管家說約有六七人，都很能吃喝，到地窖自選美酒，相當喧嘩，鄰居已投訴數次。」

汪量問：「還有什麼事？」

「汪太太說非要與你親自說話。」

「她有什麼要事？」

「汪先生，我不知道。」

「你用電話替我錄一段音，汪太太如再要與我對話，你播放給她聽。」

井秘書目瞪口呆，怎會如此處理，但只得照做。

汪量語氣平靜，這樣說：「知也，近日公事奇繁，市區交通時時堵塞，等閒三兩小時來回，十分苦惱，只想多多休息，你若想回轉，請與井秘書聯絡，問候岳母，祝你們心曠神怡。量。」

秘書小心翼翼收好錄音。

汪量忽然熬不住，站立，大聲嚷：「鄧醫在何處，快出來見我！」

幸虧醫生忽忽趕至，「汪量，你給我坐下，這是醫院，肅靜。」

「病人如何？」

「一切順利，觀察兩日，可以回家。」

汪量咚一聲坐倒椅子。

「汪量，你一向泰山崩於前而色不變，這次為何失態，可見有愛必有懼，你可以進去觀望汪太太。」

汪量低頭，「她不是我妻。」

「什麼?!喂，你新婚才多久?」

「我是她妹夫。」

汪量走進病房，看到之之躺病床，看護正替她調整血管藥水，她手臂打着石膏。

之之一張臉，捲縮得很小，才一個巴掌大，閉緊眼睛嘴唇，可憐得不得了。

汪量蹲向前，乏力，整個頭偎到她臂彎，臉埋在其中，心才落實。

之之緩緩張開眼，反過來沙聲安慰他：「沒事，沒事，我只想回家休息。」

醫生決意要之之留院觀察。

之之復元中，可以靠在床上看《紅樓夢》。

秘書輕聲問：「這本書好看嗎？」

「你請看此句。」

秘書讀出：「『身後有餘忘縮手，眼前無路想回頭』，哎呀，可不是。」

汪量推門進去，看到之之躺病床戴眼鏡讀線裝書，只覺可愛。

他輕輕走近，「精神好些啦。」

「可以回家了。」

汪量讓秘書去請醫生，「還有，阿井，你回公司辦升職手續。」

阿井大喜，「謝汪先生。」

汪量趨近，吻之之石膏手。

看護忍不住微笑。

這時鄧醫生進來，坐一角，期期艾艾，有點尷尬。

汪量何等明敏，即時起疑，「你怎麼了，有什麼話要講？說。」

「替病人檢查過，本來可以出院，可是片子出來，發覺骨頭接駁處有些參差，生長得不理想，手術需要重做。」

汪量霍一聲站起。

之之「呀」一聲，手中書冊落在地上。

「重做？再切割打開皮肉，拆掉接駁之處重做？」

鄧醫生垂頭，「是。」

汪量沒提高聲音：「你這害人的庸醫，我要叫你身敗名裂，我會將你大卸八塊，我這輩子不放過你。」

鄧醫生無奈，「你鎮靜些，每個病人骨植生長能力不一樣——」

之之反而笑出聲。

汪量口角似在操場鬥氣的欺凌霸主。

「讓我這個事主說幾句話可好。」

汪量臉色煞白走到一角坐下。

醫生向之之解釋失誤原因，「這次，我會加固鈦金屬釘子。」

「最快幾時重做？」

「即刻。」

「可否不做。」

「手臂將會永久微曲，以後不知發展得怎樣。」

「那麼立刻簽字。」

汪量冷笑，「你不如在病人身上置一拉鏈，隨時打開重做。」

鄧醫生也氣，「你以為我不內疚難受，這事誰也不會願意，你我自中學相識一場，何必逼我自殺？」

之之緩緩起床，把他倆隔開，「噓，噓。」

汪量這樣說：「我活不下去，鄧醫，我們相擁往醫院天台，一起躍下。」

之之大喝一聲：「兩位！」

之之嘆口氣，「注定要受皮肉之苦，只得逆來順受，你們通通離開醫院，讓我清靜，不過請再做一壺瘦豬肉煮粥給我。」

阿井說：「我留下聽吩咐。」

「那麼，請麻煩替我找汪太太。」

這下子，是他們找不到王知也。

那邊的人說：一些戲需要重拍，趕時間，工作人員嚴重缺乏休息時間，提神劑是一打一打那樣喝，都快撐不住……

附來知也照片，一雙眼睛卻還是清晰透亮，她是天生演員。

「說是汪太太她姐姐說的：知也切記與丈夫聯絡，已婚人士切忌在外樂不思蜀，汪量將出發探你，請準備一下。」

第二次手術頗為順利，但是瘀痕加深，連手指都又黑又腫。

鄧醫生沉默，看得出承受極大壓力。

汪量前來告辭，「我去三天便返，屆時可明知也近況。」

之之點點頭。

「還痛嗎？」

汪量與鄧醫兩人的眼神不接觸。

「有什麼事立刻聯絡。」

之之又點頭。

汪量不捨之情，閉着眼睛都覺察得到。

他再吻她的石膏手。

離開病房。

之之跟醫生說：「我真想回家，盆栽無人澆水，不能保命。」

「三天後。」

幸虧她喜歡的白粥來了，用一隻小茶壺盛着慢慢喝。

這時，有人推門進入。

之之歡喜，「韋偉。」

他提着鮮花果子。

「什麼都不告訴我，害我擔心。」

「神通廣大的你還不是找到我。」

「唉，叫你小心小心小心小心，還敵不過天意。」

「不好意思。」

「這隻手可是廢了？」

看護聽見，大聲啐他：「什麼人的烏鴉嘴。」

韋偉坐在之之身邊，吻她健康的手背。

「真心痛。」

「市面情況如何？」

「細心的人看得出或有希望緩和，市面似乎已經學會遷就，熱鬧隊伍附近有一般市民穿梭步行路過去辦他們的事，表情平和。」

「唉。」

「兩國貿易戰則有可能和解。」

「這好比一個人，跑到別人家，打爛家具，還要求談判，終於和解：喏，賠你了，還以為公平，人家會高興。」

「之之，我送你回家，以後都不會再逼你畫婚紗樣子。」

之之微笑。

「咦，那漂亮的妹夫呢，一有事就不見人影。」

「他有更重要的事。」

韋偉又坐了一會才走。

他不好說之之瘦許多。

夜半，之之口渴，見房內有人，便輕輕說：「水。」

那人走近，扶她坐起，讓她喝水。

之之一喝，杯子裏卻是香檳，她不禁微笑，以為韋偉又回轉，握他的手。

一抬頭，才看到那人竟是汪量，她連忙放開手。

「你還未出發？」

他不出聲。

「怎麼一回事。」

終於他輕輕說：「往飛機場大路堵塞，打回頭。」

「可是——」

「我累極，只想回家睡一日一夜。」

「那麼，何故又到醫院。」

「接你回家，鄧醫說這次手術十全十美，會派看護每天看你。」

之之沉默。

她不是笨人。

「知也等着你呢。」

「不會，我找不到她。」

那即是，他沒有好好的找。

汪量不再說什麼，靠在沙發上盹着。

一早，秘書辦妥出院手續。

鄧醫走入吩咐之之這個那個。

他看到盹在一角的汪量，這樣說：「不但脾氣臭，身子也發臭，叫他沖身。」

「哼，」他的老同學醒轉駁口：「不知多少女性覺得體臭是魅力。」

醫生答：「腦部在戀愛時發出幻覺荷爾蒙才有此誤會，九個月，九個月後自動消失，不知多討厭對方。」

老同學也似乎有和解現象。

把之之小心翼翼送到家，「喲，到家啦。」

汪量自顧自走進房間，倒在床上。

「喂，喂。」

再也叫不醒。

秘書說：「汪先生好幾天沒吃沒睡。」

之之同秘書商量，「給他準備些吃的。」

電話響，是知也找姐姐。

之之連忙接下視像，「怎麼找不到你？」

知也看到，「姐，你手上為何打石膏。」

「我折斷前臂骨，做了兩次手術，不想你擔心，還有，仍然不要告訴媽媽，知道嗎。」

「哎呀，如今全好了？你又瘦又黑，一臉倦容，醜得很。」

「母親被你扔到何處。」

「天天與親友聚會，十分愉快。」

「你幾時回來。」
「我沒見到汪量，他說好要來。」
「知也，你回家的時候到了。」
「還有後期工作。」
「知也，你不是要待首映禮吧。」
「……」
「說話呀，你有不敢講的話嗎。」
「姐何故嚴厲斥責我。」
「說。」
「姐，我認識一個叫肖恩的人。」
這是她戲中男角，之之聽說過。
「他來自上海，是我們同鄉，他是一個非常風趣的人，教我講滬語，我們一起讀五四時期新詩笑得翻倒，他應允陪我遊西湖……」

之之震驚，呆呆看着視像裏神采飛揚的妹妹。

她看到知也轉過頭，「肖恩，過來見姐姐。」

那小伙子就在附近，聞聲即時探過來，「姐姐，你好，我是肖恩，在這裏問候問候你了。」

之之忽然濁氣上湧，伸手關掉電話。

這知也恬不知恥，大膽妄為，不給別人留一點點顏面，公然在丈夫寓所內接待男友，嘻嘻哈哈，旁若無人。

之之自問並非道德塔利班，但做人做事總得有個界限，給人下台，自己也留些餘地，以後方便見面。

這樣的一個親妹妹！

她緩緩站起，四肢痠軟。

女傭說：「王小姐，菜飯熟了，有雞湯，吃一點，長力氣。」

之之道謝，走到房門前，推開門。

她看到汪量賓至如歸孩子那樣仆在床上繼續憩睡，不知如何，已脱去襯衫，光着膀子，健美上身一覽無遺，兩肩肌肉凹下有渦。

之之忽然心痛，淚盈於睫。

如此好看一個男子，又專心待妻，愛屋及烏，卻落得這樣下場。天無公理。

這汪量輕輕扯着鼻鼾，髫髭已經長長。

女傭在門外説：「王小姐，吃一點。」

之之掩上門，坐下，不知怎地，竟似復仇似吃下整整一碗菜飯。

沒心肝多好，為什麼不像知也，她的世界不比她自家大很多，只有她是最珍貴瑰寶，別人，倒都是爛泥。

被無禮丟棄舊傷痛如幽靈在這個防不勝防的縫隙竄起，之之落淚。

她骨嘟骨嘟喝下雞湯。

聽説肚子飽了，看世界會不一樣，她也希望是真的。

女傭把後備枕頭被褥鋪在沙發，「王小姐，你也休息，我明早再來。」

「在樓下如看到阿黃讓他送你，他也該下班。」

女傭也走了。

這時之之明白為什麼一些友人會養三隻貓兩隻狗。

她把碗筷收拾一下，只留下一盞燈，倒沙發上。

不知睡了多久，只聽得電話響了又響，只是沒有力氣，終於掙扎伸手去聽。

韋偉的聲音：「之，你怎麼不知會一聲便告出院，大家都擔心你，半小時後到府上探訪可好，大家都牽記你呢。」

「大家是誰？」

「你的學生呀，王老師。」

「舍下地方淺窄。」

「我們看你一眼就好。」

「那我去洗臉。」

之之朝睡房張望，那汪量也已經起身，浴室嘩啦嘩啦，他在淋浴，噫，真當自己家一樣。

之之推開浴室門，看到他裹上大毛巾。

「啊，」是他先說：「醒啦。」

之之說：「我有客人上來，你避一避。」

「我等替換衣裳。」

電話又響，這次是阿黃，「我替汪先生送衣裳。」

這汪量做事一貫肆無忌憚。

之之只得開門取過衣物。

「菜飯美味，我飽餐一頓，來，看看你傷臂。」

之之語氣出奇容忍，「你先穿衣服。」

汪量說：「我要回公司，有事找我。」

之之凝視他，「自己當心，別到處亂睡。」

汪量忍不住再吻之之石膏手。

他前腳走，女傭後腳到，正替之之換床單，大群客人也上門。

韋偉帶頭，「噓噓，靜一點，知道王老師沒事就好，我們站一會便走，不喝茶啦，放下鮮花水果。」

數一數人頭，一共八人，小單位擠得水洩不通。

幸虧，各人與之之擁抱一下，看一下手臂，便告辭，「這麼晚才找到你，急煞人。」

依依不捨告別。

帶來的是各種顏色玫瑰花。

女傭用一隻浸香檳的大銀桶盛起，「還是玫瑰最好看。」

之之走進睡房，都收拾好了。

她一邊喝茶一邊讀新聞。

知也不停找她：「姐，你冷待我不公平」，「一個人，總得聆聽她的心聲」，「你我說話……」

之之不回覆，是，心聲叫你去殺人放火，你也照去。

「姐，這不是一時衝動。」

之之心灰，終於反問：「關我什麼事！」

「姐，你這樣說叫我難過。」

「你要對汪量交代清楚，不要再纏住我。」

知也大聲說：「我沒想好怎麼說。」

阿黃在廚房吃麵，看到王小姐站起。

「別客氣，請坐。」

女傭說：「汪先生說去銀行不方便，給你送來現款。」

之之連忙寫同等數目支票叫阿黃帶回。

阿黃說：「汪先生叫我今晚接王小姐往家吃飯。」

「誰的家，哪一個家。」

有她去過的汪氏祖家，有他與知也新居，還有他做王老五時公寓。

「是汪先生自己一向居住地方，就請你一位客人。」

之之也好奇，「可遠？」

「在南灣，廿分鐘車程，王小姐，六時正接你可好。」

之之吁一口氣，她正有話要說。

知也在電話裏雖然沒直接開口，但已多次希望之之出面。

她且試一試。

這時天已經昏暗，車子繞路駛向南灣，後山路燈已經亮起。

之之一向喜歡這一區，近十年八年獨立與半獨立洋房也成群蓋起來，但在樹木掩映中，無論如何仍算清靜，往往一幢洋房只得一家三口或四口，聽不到嘈聲。

之之特別喜歡靜，在歐美，一些房屋佔地數公頃，草地需要修剪時，園工會找來羊群，讓牠們吃上三兩天，不過，那是在鄉郡，比起市區裏南灣，又差了一點，交通欠便。

阿黃說：「該處無人揮旗吶喊。」

之之微笑，沒有人看見之處，鬧來作甚。

車子才停，門打開，兩隻龐大黑色的杜布門犬緩緩走出，管工說：「王小姐到了，汪先生正在更衣，請進。」

阿黃見大犬緩緩走近，輕輕說：「這是王小姐，坐下。」

之之並不怕狗，但這樣大的狗，站起來怕比她要高，自然有些忌憚。

沒想到牠們聽到阿黃聲音，乖乖蹲下。

牠們真是漂亮，毛色黑而亮，深黃色雙目炯炯，全神貫注看牢之之。

「叫什麼名字？」

管工答：「回王小姐，一隻叫福布斯，另一隻叫戴莫斯。」

啊，之之一怔，那是火星兩枚衛星，福布斯是恐懼，戴莫斯是痛楚。

這汪量真想得到。

之之低估他，沒想到他有如此雅興。

阿黃說：「王小姐，我帶牠們散步，你請便。」

之之走進室內。

她怔住。

客廳極之寬敞，頂燈已開亮，不過是鑲在天花板內普通辦公室照明，並不見水晶玻璃累贅閃爍。

近千餘平方呎地方一邊全是落地大窗，窗外是一排灌木，之外才是海景，窗前擺着一件黑墨墨巨大不等邊像是現代雕塑，約莫長十呎寬六呎，非常突兀。

之之不由得被它吸引，一步步走近。

直至數步之遙，之之吁出一口氣。

真是想都想不到，那竟是一具恐龍化石骸骨！而且很清晰，是一具三角恐龍頭骨，辭世已億萬年，卻仍然無比權威猙獰地舉着牠特徵三隻巨角，咧着嘴，尖齒林列，像是還不甘心，想要吞噬哪個敵人。

牠雙眼是深深黑洞，比之之的頭還要大，當然已不能視物，不過，之之還是退後三步。

這個汪量，竟把平時陳列在自然博物館的展品搬到家中，何等風流瀟灑的藏品。

之之這回掉眼鏡，她一直把汪量視作都會中芸芸逐臭之夫中一員。真是驚喜意外的倜儻。

這時，聽到汪量哈哈笑聲，兩隻杜布門撲到主人肩上迎接。

「出去出去。」

打開長窗，讓牠們奔出。

「之之，歡迎光臨寒舍。」

之之這時頗有五體投地感覺。

這樣會享受生活的一個人。

這時傭人端出一張小桌子與兩張椅子，接着放香檳桶及鮮花。

「請坐，之之，蓬蓽生輝。」

之之想，這人有點深沉。

這時，她看他的神色已經不一樣。

「之，何故沉默，可是不喜三角恐龍。」

「我的確比較喜歡翼龍。」

「我兩個女兒喜歡暴龍。」

「暴君恐龍是孩子們偶像。」

「我有一具借出給波恩自然博物館展出，它回家時請你來探訪。」

之之舉杯，「祝你健康。」

「你也是，之之，你可是有話要說。」

「瞞不過你的法眼。」

像他那樣男子，知也還是嫌棄了。

他輕輕說：「起初吸引我，是因為知也這個名字：知之為知之，不知為不知，是知也。」

那是外公的選擇。

本來，她叫知之，給父親改作之之，知也出生時，父親已經離家，任得妹妹叫知也。

「就因為一個名字。」

「不，王知也的美色，路人皆知，她有一種艷光，整個人百看不厭。」

之之說：「知也亦有內在，她極之愛惜母親與姐姐。」

汪量點頭，「她也敬業樂業，從不恃寵生嬌，遲到早退，對大小行家無禮。」

汪量也不是不懂得欣賞艷色以外的事。

之之這時不得不這樣說：「知也不打算即時回本市，她想陪母親在倫敦多住一段日子。」

「她不擔心脫歐後生活緊張。」

「知也一向不擔心昨日與明日之事。」

「我羨慕這種豁達。」

「而且，」之之真不知道該如何啟齒。

汪量抬起雙目，「因為，她另外有了人。」

之之嚇一跳，翻倒手中汽酒。

他原來已經知道。

當然，這個人的深度遠超過她想像，而有點淺薄的知也，當然也猜不到他。

如此貿貿然就結婚。

接着，說什麼？

空氣忽然凝重，室內都似乎要下雨。

之之食而不知其味。

終於，她輕輕問：「你倆結婚多久？」

「四個月，其中兩個月她在英國。」

如此兒戲。

「現在打算如何。」

「等她的律師先發話。」

之之用手托着頭，「如何向雙方父母交代。」

「我父母已不在世。」

他們倆真是一對，快意恩仇，毫無包袱。

「你會放下自在？」

「當然，她的心已不在，留具身體幹什麼。」

雖然對感情輕率，仍不失為一個男子漢，這種事，說時容易做時難。

之之聽說有一名已與前妻離異半個世紀，走在路上未必認得出，仍然自我介紹：「我是某女士丈夫」。

之之的頭越來越重，一隻手幾乎撐不住。

「知也託你說什麼，你不妨直言。」

「她也算是離婚專家，何勞我多言，看樣子，她似有愧意。」

汪量忽然笑，「知也才不會內疚，看樣子，她的遲疑是因為有所要求。」

之之震驚，丈夫不把她痛毆一頓，大肆張揚已經夠運，她還敢提條件？

之之嘿一聲。

汪量攤手，「你看我可像一隻烏龜。」

「不，不，你大人有大量。」

他又笑，「之之，沒想到你也會巧言令色。」

「我說實話。」

「我們到書房坐着喝咖啡。」

「我想回家休息。」

「對不起，我沒好好控制氣氛，這，其實不關你事。」

「我的確不該多言。」

「你怕我受到傷害，之，不必擔心，我臉皮厚如犀牛。」

之之啼笑皆非，「這不是自貶的時候。」

「我自知並非好伴侶，但又渴望溫馨家庭生活，前妻斥我視家庭為玩具屋；大門一關公幹去家庭便不存在，回轉打開門，家庭成員卻又必須活轉，她捱足三年下堂求去。」

之之不知說什麼才好。

汪量吩咐阿黃送之之回家。

這時知也急找丈夫。

她在屏幕看到之之，急促問：「你說過什麼？」

之之冷冷答：「什麼也沒說。」

「殷律師在我處，你告訴汪量，倫敦攝政街鎮屋，我是要定了。」

之之不由得斥責：「無恥！你應光身離家，還想夾帶私逃？」

「你到底是誰家阿姐？」

殷律師在一旁說：「條件慢慢講。」

之之答：「講你個頭！」

知也拍桌子，「我又不是問你拿，你莫名其妙站在汪氏那邊幹什麼，告訴你，每個人都有陰暗一面，你不知他真面目。」

之之啪一聲關上電話。

秀才遇着兵，有理說不清。

過兩天，汪量知道後哈哈大笑。

他根本不在乎，「男人，」他說：「應當照應前妻。」

之之說：「請送我回家。」

阿黃上來説：「王小姐，請看地圖：下山沒問題，回府上亦無問題，但當中經市區一帶，三條出口完全堵塞。」

這不是硬要她在汪家借宿嗎。

汪量卻問：「醫生可有説幾時可拆石膏？」

「下星期。」

「可還痛？」

「不自在，但已差不多習慣只運用一隻手過日子。」

「都是我不好。」

之之很幽默，「人總有站不穩的時候，我不該甩脱你的手。」

別的女子，應包括知也，都來不及投到他懷抱中吧。

這時，那邊的殷律師傳來長長清單，都是王知也列出歸她名下的諸等物品，那頂鑽冠，當然包括在內。

汪量看過，簽一個字，表示全盤答應。

之之不由得不佩服，輕輕鼓掌。

汪量笑笑，「身外物耳。」

之之的前度男友可看不開，索回一塊不黑不白的玉墜，之之當然立刻快郵歸還。

殷律師回條：多謝汪先生慷慨。

女傭進來，「王小姐，客房準備好。」

之之閒閒問：「之前，知也亦是這房間？」

汪量回答：「知也不喜歡這裏，她痛恨那具化石，說像是地底怨魂，走到什麼地方都被它盯牢牢。」

「她的童年惡劣記憶引起恐懼。」

「我們都只記得不高興的事。」

「汪量，你對前妻們都這樣容忍？」

「前妻，到底還是前妻，兩個女兒的生母。」

「汪量，可否一說，閣下做的，到底是何種生意。」

「我是一個小商人，做貿易，即出入口生意，夫子口中士農工商，排在最後，因沒有實在貢獻，不過在貨物易手之中賺取利潤。」

喲如此謙遜。

汪量被遺棄之後還奉獻大量物質，真的看不出半絲氣忿，即便是做假，已經太太太不容易。

她怔怔地，忽然在鏡子看到人影。

「誰！」

原來是她自己。

之之睡得意外地穩，半夜才被雨聲驚醒。

她忍不住看新聞，外國記者穿着黃色雨衣這樣說：「數以千計市民冒着傾盆大雨撐着傘抗議不絕……」

這時，接到知也信息：「姐，多謝你幫忙。」

之之答：「我不知首尾，我沒有參與任何事。」

「汪量一向對你有好感。」

「同你說不關我事。」

「算了姐，我與老媽暫時不回轉，據經濟及政治觀望家都預測不久將來，市面可能會回復平靜。」

「叫這些專家們回家早睡。」

「姐，來看我們。」

「不。」

「你不捨得什麼呢。」

之之一怔，她沒有學業，也無事業，更無家庭，更無什麼特別美好記憶，真的，不捨得什麼。

「經理人替我接下愛斯泰馬丁跑車廣告，到湖區拍攝——」

「多好，知也，我要休息。」

「姐，再說幾句……」

「祝你萬事如意，前程似錦。」

語氣中譏諷之意，狗都聽得出。

王之之要是做同樣的事，早就被亂石打死。

第二早，汪量已經準備出門。

「你不多睡一會？」

之之啼笑皆非，「我是閒人，吃閒飯，沒有職責在身。」

「那麼，一起吧。」

他替之之拉開大門。

之之問：「你不吃早餐？」

「太飽的人缺乏精靈。」

之之不出聲。

「你的朋友韋偉找過我。」

啊。

「我們不是攤牌，你別誤會，韋是一個十分聰明的年輕人，他建議我幫王之之小姐創業。」

「要他多管閒事！」

「他也是為了自己。」

汪量打開一罐蔬菜汁喝。

之之說：「我喝過所有飲料中，最難喝是這個牌子，可是聽說最營養的也是它。」

汪量給她一瓶，「你說話同知也一般，意識流，聽我講下去。」

「韋要借你財力，召我進他婚紗店做股東，可是這樣？」

「聰明。」

「我婉拒。」

「你在設計學堂得過金獎，正是設計婚服。」

「我拒絕。」

「韋偉要失望了。」

「這是真實世界，世事不如意者常八九。」

「你可以做沉默伙伴，不說話不做事。」

之之被他引得笑出聲。

車子駛到家門。

之之說：「汪，再見。」

「今晚一起吃飯。」

「下星期吧，據專家說，市面屆時或許可能應該逐漸恢復原狀。」

連司機都唔一聲。

之之沒想到可以與汪量談笑如此歡暢。

「我陪你上樓。」

「實在不用。」

汪量揚起半邊濃眉，這是表示「還要拒絕到幾時。」

就在電梯大堂，就有人迎上，「之之。」

之之嚇一跳，退後一步，汪量立刻護住她。

「哪一位？」

「我是爸爸呀。」

之之渾身寒毛豎起，沉着氣不出聲。

「有何貴幹？」

「哎呀，我找得你好苦，這地址還是你母親所給，之之，我想與你談談，真想不到如此好運，今天把你等到。」

那人趨前，「來，把電話號碼寫給我，以後見面方便些。」

他掏出小小筆記本子及一支筆。

之之看着他，雙眼漸漸習慣幽暗燈光，她看清楚這個人。

已經完全不認得了，一張臉黑漆漆頭髮全部剃光，不知恁地，穿紅衫紅褲，背上揹着實鼓鼓紅色大背囊，好似全副家當全塞在裏頭。

他一步步逼近，「我有話說，你住幾樓，我們進屋說話。」

這時，管理員出現，開亮所有大燈。

「王小姐，沒事吧，這人趁我巡樓不知如何混入，你可認識他？」

之之這時忽然肯定搖頭，「不認識。」

那人怪叫：「我是你父親，我有你出生證明書，你敢趕我，我把你臭事張揚出去，你這不認生父的畜牲。」

汪量不發一言，護着之之往升降機走去。

那人還想跟着之之走。

汪量與管理員不約而同大聲吆喝，那人嚇得止步。

電梯門已給合上，還聽到管理員說：「警察馬上就來！」

到了這種關頭，還是得召警。

之之手足冰冷說不出話。

進入屋內，她連忙坐下。

內急，走進衛生間，喘息。

用冷水敷臉，出來看到汪量已斟出拔蘭地，她接過喝下。

這時，電話鈴響，錄音啟動，「我好不容易借到盤川，找到你，我不會空手而回，你得解我燃眉之急，我有妻小得養活，我星期四就要走，你速速與我聯絡，不顧親父，當落地獄……」他一直有她的電話號碼。

汪量脫下外套，輕輕說：「現在，你明白為什麼兩隻狗叫恐懼與痛楚了吧，根本這世上，除了這兩樣，沒有其他感受。」

之之終於流淚。

「我替你打發他。」

之之搖頭，「已不知應付過多少次。」

「看樣子，他許有某種癖好，這人說話時隔一會便縮一縮鼻子，這是吸取粉末的動作。」

之之用毯子裹住自己。

「看樣子燃眉之急錯不了，不要介意，之之，家家都有這種親友，我一個表舅，自家長處拿一筆學費到加國，並無拿到文憑，也不回家，五十三四歲，缺錢便扮苦海孤雛，得了款項，第一件事，沽酒喝，胡亂吃飽，找小旅館，召女人，如此循環不息。」

之之感喟：「最醜陋一面叫你看到。」

「的確頗為驚人，知也從未同我說過這個人。」

「怎麼說。」

「之之，你要搬家。」

「我不怕。」

「真倔強，聲音一直發抖呢。」

「不能在這種人面前示弱。」

「我會替你解決。」

「毋須你插手。」

「之之，新聞上時有人為着十元八塊手刃至親。」

「你可以回去了。」

汪量忽然生氣，「你總是怕我對你有不規矩行動，在你眼中，我是一頭狼，咆哮着死活要賴在你身邊，涎沫自嘴角無恥淌下，吃了知也，還要吃你，好，我馬上走，你不用攆我，今年，真是我汪量倒霉一年，公司生意一落千丈不去說它，又遭妻遺棄，我愛你。」

什麼。

在滔滔苦水中忽然聽到這三個字。

之之呆住。

過不知多久，時間像是忽然停頓。

又不知隔了多久，汪量垂頭轉身啟門離去。

王之之一直站在小小客廳中央，直至腿痠，才回房休息。

整夜，雨大得看不清對街。

清晨，知也找。

「姐，你聽我把話說完，快搬家什麼也不必帶，搬到我新居住，好漢不吃眼前虧，否則，我回來綁你走。」

之之呆呆看着知也影像。

知也明顯緊張，可見心中還有姐姐，「我與汪量通話，他急得一頭汗，怕你有不測，現派保鏢站樓下，怕有人衝動，無故傷人，你明白嗎，你聽明白嗎。」

之之長嘆一聲。

「我立即叫他派公司人手幫忙，記住，什麼都不用帶，不要知會任何人。」

之之終於問：「汪量在什麼地方？」

「他在飛機上。」

之之一怔。

「他決定速戰速決，到倫敦與我辦理手續。」

之之發呆。

「姐？」

「你都仔細考慮過了。」

「我與肖恩在一起十分開心。」

「做人，不一定是尋歡。」

「姐，你又來了，不為開心難道是為煩惱，我一個平凡女子，不過有三分色相，難道還想去研發輻射性分子鐳的作用乎。」

「後果呢？」

「後果就是大家都老了，玩也玩不動。」

「你不會，知也，你到七十還在跳探戈。」

「謝謝你的祝福。」

「你沒想到別人也許會受傷害？」

「誰，」知也大笑，「汪量？哈哈哈哈哈。」

「你與汪量，到底有多少了解。」

「姐，別傻了，人人各有壞心腸，太平與困難時，又不同面孔，姐，不必為汪量或王知也擔憂，你出入平安即可。」

之之無言。

其實，知也懂的道理，她這個做姐姐的也懂，只不過行動起來，沒她爽辣。

天濛亮，趁月黑天高，王之之搬家。

她留下便條給服務多年的女傭：「外遊，再聯絡。」

井秘書周到，交另外一枚手電給她。

原來知也新婚居所，就在汪量王老五家不遠之處，合情合理，往返方便。

尚未裝修完畢，不過其中一角兩個房間已可居住。

知也是享受專家，日用品當然一件不缺，一整列祖馬龍四方瓶子香氛，之之最喜歡紅玫瑰。

姐妹倆有過不少快樂時光，誰沒了誰都不好。

之之沉默躺下。

山的另一邊真靜，還聽到鳥鳴。

本想告訴韋偉，但又忌諱他會與汪量私下聯絡——再過幾天吧。

這時，之之又慶幸母親不在本市，否則，又不知氣苦到何種地步。

井秘書報到。

「對不起，妨礙你正經工作。」

「王小姐，這些日子，汪先生派我做你助手。」

「怎麼敢當。」

她帶來一大堆設計圖樣用品，「王小姐，請來看，這是蒙納生前常用的藍色粉彩，特地由巴黎訂回，因知道王小姐最喜歡藍色，我們都等着欣賞王小姐的婚服圖樣呢。」

之之怔住，汪量真有辦法。

秘書幫之之架好畫架，又取出草稿簿子，把各種畫筆一列排開，宛如一間小小畫室。

秘書又擺出一套筆洗、筆插與小小一隻放捲畫的瓷缸。

當然也由汪量所置。

他已如待知也一般小心體貼對待之之。

他覺得對異性周到是一種享受。

不像王老先生，認為女性應由他凌辱、威嚇、敲竹槓。

歷代女性均希望男性可以平等對待女性，不知還要等多久。

秘書聽電話，「王小姐，汪先生找。」

之之問：「怎麼一聲不響去倫敦。」

「許多事，非得親身解決。」

「你們太兒戲。」

「之，並非事事與你唱反調，有些夫妻，情同陌路，為利益為面子尚不肯分手，爾虞我詐，拉扯數十年，那才兒戲。」

之之不回應。

「公寓被知也住着，我只得住夏蕙。」

「知也，就如此靠霸佔過活。」

「也不是，你想想，她是女演員，不過得這三五七年艷色，由相識迄今，她已陪足我兩年，無價。」

兩人都如此豁達，真叫人放心。

「之，那邊，我已擺平。」

唉。

「我贊成大事化小，小事化無，由律師出面，他不知我是誰。」

「一年吧，六位數字只夠他用一年。」

「都會難得處於半休息狀態，你放假遊歐吧。」

「我不是沒有職責在身，並且，請勿嘲笑我不過是教清閒太太們鎖鈕門，每個工種都有助社會。」

「請勿誤會。」

「有一女作家的兄長對她說：『你們寫作，同搓麻將差不多耳。』」

「唷，他們兄妹大抵已不說話。」

「那不是侮辱，而是不同世界。」

「之，我噤聲。」

「以後，請勿叫我拋下職責陪你逛花園，還有，另外那三個字，儘管用盡勇氣，也不是可以輕易出口。」

「……」

唉。

之之放下電話。

她對秘書說：「我想回工作室看看。」

秘書遲疑：「汪先生——」

之之微笑，「我並非他手下。」

令之之訝異的是，工作室照常有學生上課，一見她便站起說：「老師好。」

之之還真有些慚愧，「大家好，今日，教做大小荷葉邊翻領。」

她取出各種紙樣，學生嘖嘖稱奇，「原來荷葉邊由螺旋形剪出」，「反而是最普通學生領最複雜」，「疊花領也不簡單」，「好久沒見領子，通常T恤領最多」。

「衣裳樣子越來越簡單，男女老幼都襯衫長褲，冬季加件泡泡大衣，能縫件公主裙，真是開心。」

「替洋娃娃也做一件。」

「哈哈哈，還有她小主人呢。」

忽然祝願：「真希望遊行騷亂速速結束。」

「還有，王老師找到對象。」

王老師裝作聽不到。

有人拍工作室門，大家警惕，卻是韋偉敲門。

之之微笑，又是他。

「汪先生叫我來看看。」

照例帶着好吃果子。

韋隨手取起做好布樣領子，「竟這樣服帖。」

之之説：「裁縫師傅手段好，熨斗烙鐵烤。」

韋偉反轉看，「啊，貼邊剪得這樣窄，不怕毛出？」

「我自己發明用牙籤薄薄搽一點點萬能膠。」

韋偉笑，「豈有此理。」

他帶來幾張婚紗圖樣。

之之看過，照樣在花巧點綴上打交叉，並在裸露部份註明：加布、補料。

學生們趨前看，都含笑，都會苦中作樂。

她們一邊絮絮聊天，之之無意竊聽，但也忍不住聽進耳朵。

「本來十二與十四歲的他們老纏着父母講解性知識，這一陣子，補習班停課，也不再看電影，或結伴遊逛，買了大疊報紙，與父母共同討論新聞，不但是本市，連英國脫歐到底如何收拾，到為何土耳其百餘年一定要打庫爾德族也提出評論，『是怎麼開始的呢』，他們問，翻不少書本，亦無法解答。」

「好像信仰不同，互相侵犯國界，某族不見了三隻牛，硬說另一族偷吃……」

「不會是如此小事！」

「嘿，廿年前舍弟在我唱片封套上為男歌星畫兩撇髫髭，到現在我還生氣，那唱片是我一毛一塊錢那樣儲起，你是獨生女，你不會明白家中有那樣兄弟何等苦惱。」

「可是，騷亂中破壞電燈柱與燈箱又有何益處。」

「任何叫敵方難堪的事……」

「聽我把話說完，小女十六歲，已經考慮升大學讀天文物理——」

「哎呀，如此冷門，將來如何找工作。」

「聽我說完，我與老頭都不敢作聲，真是怕了她怕米貴，一日，她給我看一幅照片，喏，我拿了來，請看。」

大家伸過頭去，是一張黑底密密麻麻白點照片，之之說：「這是宇宙。」

「可不就是宇宙，女兒告訴我，美國有一枚偵察衛星，叫做航行者一號，上世紀七十年代發射，如今，已穿過整個太陽系，經過卡普拉隕星帶，飛出外太空，無涯無際繼續行程，在它離開太陽系該剎那，它忽然回眸，拍下這張照片，傳回地球。」

「我的天，照片是真的。」

「這裏，看到沒有，這個白點是地球，數億萬星球中一枚。」

大家沉默。

「女兒說：所以她要讀天文，讀了叫人心平氣和。」

這時之之忽然拍手，「聽聽，聽聽孩子的話。」

一位太太微笑，「如此豁達啊王老師，那我們欠的學費是否不用繳付？」

韋偉笑出聲，悄悄說：「聽太太們說話有意思。」

「與家人見面聊天機會忽然多許多，一起做飯煮湯看電視節目，有時爭拗，有時歡笑，都前所未有。」

「兒子彈吉他給我聽，一邊唱卜狄倫歌：I was so much older then,

I am younger than that now.」叫我感慨萬千，這首歌原本我在七十年代也曾聽過，阿卜控訴年幼無知之際叫政府蒙蔽，如今長了腦子，淒涼地把話反轉來：彼時老，此刻少，諷刺政府黑白講。」

「嘩，你家有文化，如此深奧。」

之之與韋偉忽然哼起：「我當時一把年紀，此刻反而年輕……」

大家像開茶會一般，又說又感慨，又吃又喝又笑。

時間多出來，彼此自忙忙忙亂亂亂應酬中騰出空檔，交換意見心事，喲，塞翁失馬。

「從前一家人同住，只對三五句對白：嗨爸、嗨媽，我那筆旅行費存入沒有，要訂機票呢；衣衫過時了，一件外套給同學穿去不還，需買新的，現在忽然問：媽，帶一個孩子不易吧，是否夜半哭三四次？」

之之沉默。

知也新婚，因市面不寧靜與母親被送到英倫。

意外地接到電影合約。

更認識年輕俏皮男主角肖恩。

兩人發展成為情侶，貪歡的她一時不願回來。

知也與汪量短暫婚姻宣告結束。

起源，都是因為市面有人縱火，毀壞公共設施，知也避到外國，如蝴蝶效應，轉折使一段婚姻窒息。

這個感情次於金錢的城市，人際關係原本已經脆弱多磨，加上今次變幻，不知添上多少故事，至少造成汪量與她機會。

之之發獃，一直垂頭。

「孩子們大得真快，好像剛學會洗臉刷牙，已經離家上大學，再見面需要預約，他有他的神秘電話與私人朋友，時間都用在陌生人身上。」

「可有衝出門去參加集會。」

「怎麼沒有，我佯裝無事，只千叮萬囑注意情況，他一出門，我嚇得站不住，蹲倒門口。」

大家沉默。

「隔幾分鐘，他卻回轉，『媽：我們一起去看看街上實際情況』。」

「你可有一起？」

「終於在烈日下步行一小時，累得流淚，他才陪我回家休息。」

「感受如何。」

「不親身經歷體驗是說不清的震撼。」

這時之之說：「大家回去吧，工作室要休息。」

她看一看各人手作，有一半要拆掉或重做，不夠專心致志，做什麼也差許多，嚴師，才出高徒。

學生們離去，之之看着韋偉，「你還有話說？」

「什麼都瞞不過你的法眼，之之，我伴侶但以理決定回國。」

騷亂也許亦拆散一對伴侶。

之之一怔，「他可說帶你。」

「他在本國有妻兒。」

之之一聽，心沉到腳底，多麼不幸。

「你一早知道，還是這幾日才攤的牌。」

「昨日才知原來我是他的一個假期。」

「韋，我能幫什麼忙。」

「聽我訴苦。」

「不，不，我缺乏一雙好耳朵，而且，我最不贊成訴苦與解說，那樣做，一個人的不愉快經驗始終不能入土為安，生活不能輪迴。」

「太不公平。」

「沒有人說世事有公道，你看汪量，遭無良妻惡意遺棄，還要索取大筆贍養費，他都揹起不發一聲，不出惡言。」

「汪量在這件事上，簡直偉大。」

「也許有人會說，他有的是錢，怕什麼，嘿，不發一言這件事，說時容易做時難，說風涼話的人應當試一試。」

韋偉泡一杯菊花茶，緩緩喝。

「咦，怎麼又靜下來？」

「之，你那麼聰明——」

「我最討厭人家說我聰明，這年頭，聰明還能當飯吃？」

「之，你難道看不出，汪量在令妹變心之前已生異心。」

之之站起。

「之之，汪量真是高人。」

「韋，你自己的事已經夠亂，還管別人是高是低。」

「之，你可以幫我振作。」

「還是想我與你合作，要我給同情分。」

「你猜得不錯。」

「我好好想想。」

「我已感恩不盡。」

「我送你。」

車子駛到一半，鄰街已有事故，阿黃把車轉入橫街。

之之注意路上動靜，忽然看到附近樓梯底有哭泣女孩。

「停車。」

韋偉與司機異口同聲：「王小姐，不可。」

那女孩身後有她母親，臉上冒血。

之之要開車門，阿黃早已把車門鎖起。

「送她們去醫院，快停車！」

阿黃不予理睬，加速。

這時，之之看見有年輕男子狂奔而至，一手抱起小女孩，另一手扶起婦人。

阿黃鬆口氣，「好了，好了，她們家人來了。」

「停車，送院，否則，開除你。」

「王小姐——」

終於把車緩緩停下，倒後。

之之喊話，「喂，你們一家三口，快上車去醫院。」

韋偉下車幫手扶他們上車。

他脫下外套裹住小女孩。

一下子車裏多了三口，阿黃忙把車子往山頂醫院駛去。

那太太掩住額角傷口，「謝謝，謝謝。」

「發生什麼事，一定幫你討回公道。」

「我抱着女兒避人群狂奔，摔一大跤，只得躲到樓梯底，用電話向丈夫求救——」

那年輕丈夫忽然叫：「哎唷，這是昂貴私家醫院，我們負擔不起。」

之之對阿黃說：「找井秘書幫忙與鄧醫生聯絡，她一個女孩子不要出來，找得到鄧醫生即可。」

傷者一家與阿黃進入急救室。

韋偉輕輕說：「王小姐，你是善心人。」

之之的手還在發抖，「我只怕晚上睡不着。」

「那位太太說她自身摔一跤，與人無尤。」

之之答：「是，都怪我們自己不小心。」

「之，你肯定也有傷心事。」

「不是已經說了嗎，都是自家錯在不小心，眼烏珠沒睜大。」

韋偉忽然落淚，靠在之之肩上，不能自已。

阿黃出來，「王小姐，汪先生回轉，他在辦公室等你。」

「我回家休息。」

阿黃連忙答允。

在車上汪量已經找到她，「之，一日不見，如隔三秋。」

之之累得幾乎虛脱，「回到自己家再講。」

「秘書説阿黃説你扮演巾幗。」

之之忽然溫和，「我本就是英雌。」

她再三向阿黃道歉適才無禮。

汪量説：「我上你家。」

「沒有別處可去嗎。」

「真的被你講中，確是無處可去，豬朋狗友十之八九避走外國度假，只得你與我戀戀此家園。」

「韋偉在我這裏，你可要與他商議我倆工作室合併之事。」

「之之，鄧醫生追你回醫院拆石膏，他找不到你，聯絡到我。」

之之這才兀然想起，對，她的右前臂還打着石膏，這些日子遷就着過，用長袖遮住傷處，佯裝什麼都沒有發生過，竟養成習慣，幾乎忘記有這麼一回事，不去想它，就不痛不癢繼續生活。

啊，終於可以拆除了。

之之鬆口氣。

「明早八時，我陪你見鄧醫生。」

「我自己去即可。」

「王之之，姑奶奶，求求你。」

「好好好，別講得那麼難聽。」

韋偉這樣說：「汪先生財雄勢厚，來去疾如風，照顧女性，得心應手。」

之之忽然伸手大力擰他雙頰。

「痛，痛。」

清晨，汪量在樓下等。

只見他側影，之之喝聲彩。

他瘦了，只穿白襯衫深色褲子，份外瀟灑，頭髮略長些，沒怎麼梳理，聞聲轉過頭，露一個笑容，不知怎地，在晨早略為清新空氣中，他有些寂寥，仍然是那句話：「一日不見，如隔三秋。」

他讓之之上車。

輕輕說：「事情已經完全辦妥，我恢復獨身，已可重新做人。」

之之不出聲。

才多久，衣香鬢影，七彩繽紛的婚禮，來賓橫跨商藝政三界，齊齊祝賀，一對璧人，好看得像豪華電影裏新人，市內鮮花，為這場婚禮幾乎搶購一空……

忽然散場，人去樓空，旁人欷歔，太不可思議，兩個當事人，卻完全不覺可惜。

「知也讓我給你看她新片中演戰爭公主的造型照。」

「那男子，仍然是男主角？」

「啊，那人回家鄉去辦離婚，男主角彷佛是金髮北歐人。」

看樣子他們之間沒有芥蒂，真是和離。

「我替知也辦妥英籍，她已是英國演藝組織一員，接工作方便得多，她英語能力又比其他女演員勝一籌，知也事業大躍進。」

之之看劇照，不由得笑出聲。

什麼戰爭公主，假金屬胸罩作盔甲，手提道具寶劍，頭披紗巾，她真是千變萬化，多彩多姿。

「前面一部戲的角色比較優秀。」

「口碑甚佳，但票房普通，世事古難全。」

汪量坐得近，身上有藥水肥皂清香，之之忍不住深深呼吸一下。

他看着窗外，輕輕問：「可有想我？」

之之覺得他語氣無奈淒清。

她這樣答：「誰敢不想你。」

他似滿意，又覺缺些什麼，也不好爭辯，輕輕握起石膏手輕吻。

鄧醫生笑容燦爛等候他們。

護士取出一把小小電鋸，鎅開石膏，輕輕掰開。

之之一看，震驚，一顆心沉到腳底。

這哪裏還是手！

她不是沒有心理準備，一隻骨折的手臂，接駁後再打開處理，又被石膏蒙住三個多月，斷不可能同從前一般雪白粉嫩，但，萬萬想不到會如此光景……

只見灰黑青三色打皺褶皮膚像乾癟橡膠手套，在骨上打圈，完全不見脂肪肌肉，瘦細如一支木桿，之之嚇得簌簌抖。

汪量如遇晴天霹靂，臉色煞白。

鄧醫生卻若無其事，像是意料之中，握着之之的手上下左右移動，居然十分滿意，「活動如意，假以時日，筋肉可緩緩恢復。」

之之瞪着醫生，只是開不了口，發不出聲。

鄧醫生像是明白她想說什麼。

「王小姐，」他嘆口氣，「可以回復到從前一模一樣嗎，我想不，右臂已比左臂短一公分，但，可否照常生活？當然可以，王小姐不必過份介懷，」鄧醫生忽然吟起詩來：「草原的光輝，花朵的榮耀，我們不必傷懷，但在餘燼中尋找力量。」

之之發獃。

她一向不算是特別痛惜肉身外表的女子，但畢竟憐惜自身，之之淚盈於睫。

終於控制到情緒，聽見自己輕輕說：「謝謝鄧醫生。」

站起，但膝蓋發軟，要汪量扶住。

是復元了，但，最終也不能像從前一樣。

之之眼淚落下。

「之之，我愧不能言。」

之之深深吸口氣，「沒事。」

「之之，你若從此嫁不出去，我絕對負責，我一定娶你。」

之之一呆，忍不住，咧嘴大聲笑。

司機連忙轉身過來看個究竟。

汪量放膽緊緊抱住之之，他呼出一大口氣，因禍得福，因禍得福。

半晌，之之輕輕卸開汪量的手臂，「你見到家母了。」

「她很好，放心。」

「那是什麼意思？」

「你問知也吧。」

之之不想與知也閒聊，「母親總是不大牽掛我。」

「她最近是比較忙。」

之之看着他，「你知道些什麼，説。」

「我是男人，怎麼可以在背後講女長輩私生活的閒話，恕難從命。」

汪量講得極有道理，男子要有男子的樣子。

之之回到家，對鏡照殘臂。

從此怕永遠不能再穿短袖了。

知也看過，「喔唷。」

不會比她的鐵甲胸圍更慘，難兄難弟。

「我有疑問：老媽好嗎，許久沒有音訊。」

「我跟你直說了吧——」

「老媽有病？」

「才怪，老媽認識一個男朋友，正在發展中，時間緊湊。」

之之霍一聲站立。

她聽錯，一定是王之之聽錯。

「對方是一個畫商，人很斯文儒雅，汪量也見過，啊，放心，是華裔。」

之之氣結，「她——」

「姐，你又來了，你可記得母親幾歲，五十七可是？她並不是老年人，即便八十七，若能找到快樂，亦是人間美事，姐，人生其實充滿恐懼及苦楚，我們見縫插針，尋些歡樂，有何不可。」

之之嘆氣，「發瘋。」

「是呀，還有，人家會怎麼說？哈哈哈哈哈。」

「……」

「姐，姐？」

之之掛上電話。

她在氣頭上，在室內踱步，約一小時後，泡一壺茶，坐露台，發獃。

鄰居，有一小孩練琴，錯誤百出，應該聽得頭痛，卻沒有，忽然，他似開竅，噫，正確彈出曲子，原來是「划划划，划你的艇，愉快地愉快地愉快地順溪而下，生命不過是一場夢……」

之之似有頓悟。

她不會參加他們的瘋狂舞會，但不表示他們的生活方式沒有意義。

之之釋然？沒有，但是緩緩消化這件事。

她可以想像母親與男伴坐在湖畔長櫈上絮絮說：「真想不到世上還有如此寧靜美景」，對方或許會答：「春日可以再來」，「知也接受你，但我大女兒比較尷尬」，「據知也說，之之美麗而固執」，「嘿，鐵鑄般心腸」，「一家人應當見一次」，「我想想再說」，「你要知道，我們在一起，毋須任何一個人認同」。

之之捧着頭，她想像力太豐富，簡直可以學寫小說。

這時，汪量把韋偉邀請到辦公室。

他一邊吃漢堡一邊說：「韋，請簡單把你的計劃告訴我。」

這汪先生真一點架子也無，他大概不認為燒鵝的左腿與右腿滋味不同，但怎麼看都是一個才貌雙全的男子漢。

韋偉咳嗽一聲，「我想你參股百分之三十，即這個數字。」

汪量看一眼，「這不是生意經。」

「請指教。」

「你目前的營業額不差，有利潤，拓展營業，為的是名頭吧。」

韋偉點頭。

「百分之三十，投入宣傳、裝修、聘請人才，所餘無幾，我不做蝕本生意，你有什麼誘因。」

韋偉微笑。

汪量也笑，「明白，王之之可以得到發揮才能機會，她可以找到精神寄託。」

韋偉攤手。

「我會把你計劃中數目字交給策劃與會計研究，盡快給你答案，但是，韋，我得預先給你警示：本人經營出入口生意，你必須知道，我主要做軍火貿易。」

韋偉怔住。

他想都沒想到。

「軍火，你指槍械。」

汪量微笑，「也有軍事通訊設備、坦克、裝甲車、火箭炮以及飛機等其他戰爭武器。」

韋偉出不得聲。

「請試試我們的咖啡，不少客人都讚好。」

「汪先生，我真沒想到。」

「都是生意耳，不過，我不想第三者把這件事知會你，我們是朋友，親口說比較好，你考慮周詳才與我聯絡。」

韋偉覺得口渴，喝一小口咖啡，果然，那杯咖啡濃香卻不苦澀，的確可口。

韋偉再次見到之之，不知如何開口。

終於這樣突兀地說：「之之，汪先生是名軍火商。」

之之在研究一幅小小意大利古董織綿的經緯線，聞聲抬起頭，「全球的手工藝，同中國，是沒得比。」

「之之，軍火。」

「飛機大炮？」

韋偉說：「之，你是知道的。」

之之愕然，「不，我不知，知也或許知道，但不是我。」

「之，你怎麼看。」

之之忽然大笑，「你是嫌他的錢罪惡。」

韋偉不出聲。

「阿韋，想不到你比我還迂腐。」

「不是這樣，之姐，假如今日我為家人三餐、孩子學費、老人病弱，那真是什麼生意都得做，但此刻我只是為着添一點虛榮，在行家中揚眉吐氣，那，有種金錢，或許不可貪圖。」

之停止笑，「韋，你有宗旨。」

「都會拜金，已早無底線，不過是看自身過不過得某種關口。」

「韋，事業如逆水行舟，不進則退，你那行，競爭與所有行業一般，十分激烈，失去這個躍進機會，往後就難說了。」

「我怎麼不明白。」

「你是想那筆款項，在我戶口裏過一過，可是這樣。」

韋不敢出聲。

「老老實實要用我的名字與戶口，我得抽10%佣金。」

韋偉無奈。

「嫌我食水深？你問汪量取40%好了。」

「之，真沒想到——」
「王之之並非不食人間煙火可是。」
「之，當下你問汪量要什麼他都會給你。」
「或許，一個女子也有底線。」
「我明白了，之姐，對不起，我不該提出這種要求。」
「你什麼也沒說，是我會錯意。」
「做人要做明白人，天掉餡餅，就勿嫌軟硬，相信我，韋，你需要這筆資金。」

韋偉告辭。

之之呆半晌，天啊，我們怎麼都變成這個樣子了呢。

諷刺，暗喻，說反話，講半句不講一句，沒有一點真心，不是我的事，聽是非當娛樂，肉不笑皮子也不笑，爾虞我詐，幾十年過去，戲做完，大功告成，千萬別在此生得罪了什麼要人，那才叫殺身之禍。

王之之漸漸含蓄得似個影子，洋人說：我只餘從前的我一個影子了，就是這個意思。

希望她這次虛偽的由衷之言可打動韋偉。

韋沒有令她失望。

他翌日便致電汪量大秘書：「我是韋偉，我想好了，一切照汪先生意思辦。」

秘書答：「放心，汪先生會先在別的戶口轉一轉。」

「謝謝。」

「明白。」

韋鬆口氣。

之之到醫務所做物理治療，女護士細細替她右臂按摩。

韋蹲在面前展示他繪作圖樣，「之，我已找到理想地點，租金便宜了一半，那是市區側邊舊工廠活化區，一條長長空間，我打算做梵爾賽宮

——」

之之最怕招搖，倒抽口冷氣。

「——梵爾賽宮的鏡廊，牆一邊裝滿生鏽剝落自頂到地鏡子，天花板密密一排水晶玻璃瓔珞吊燈，斑駁木地板，另一邊是落地長窗，窗外當然沒有園景，是街景，哈哈，對不起。」

之之也忍不住笑出聲。

「只有新娘與婚服是新的，你看如何。」

他的圖樣維肖維妙，之之不住點頭。

「之，我希望你每季給我一件衣裳。」

護理員先用濡濕浸滿特製護膚液紗布包紮傷臂，然後輕輕套上橡膠手套。

「照例，第二天晨早拆除，補敷藥膏。」

皮膚已有彈性，瘀痕也漸退，但之之仍然不敢細觀。

韋偉很樂觀，「之，會恢復舊觀的。」

被人欺騙遺棄的苦楚似乎漸漸忘卻。

之之用力拍打他肩膀。

之媽寫了一封信給之之。

信封角畫着小小一隻正在緩緩爬行的蝸牛。

一看就知道是老媽筆跡，秀麗有力，她自小練過書法。

之之訝異，這是怎麼一回事，為何寫起信來。

拆開，落下一張小小淡藍色請帖。

烏搞！

之之才看兩行字便痛斥，結婚，行禮那日已經百年好合白頭偕老！

母親要結婚。

荒謬，之之一口氣竟接不上。

她忽然雙拳搥胸，像大猩猩那樣張嘴號叫。

女傭聞聲連忙奔出張望。

之之流淚，家人竟不給她片刻休憩機會，非要逼她痛哭。

女傭立刻把阿黃叫上。

阿黃問：「王小姐，知會汪先生可好。」

「不，不，不。」

汪先生還是來了。

看過請帖，汪量啼笑皆非，實在不知王之之為何有這麼大反應，他看到還有一封親筆信，不禁打開閱讀，好秀麗書法。

信是這樣的：「女兒之之，自幼你比知也倔強固執，與我常生齟齬，因父母分手，對於童年生活異常不滿，在你心目中，人，一旦成為父母，便只是父母，要做到最好，不應有任何七情六欲，事事得以子女為先，抱歉我沒做到，但自問多年還算安靜，努力守着單親家庭，艱苦之情，相信你還歷歷在目。

「但世間自有奇蹟，我意外遇到一個人，在牛津大街，我站在玻璃櫥窗前看幾張米羅版畫，店主推開門，請我入內，我們這樣認識。

「開始，我甚覺躊躇，什麼年歲了，對方仍然瀟灑自若，我如有非份之想——」

之之讀着，淚如雨下。

可憐苦惱的女性，自我責備甚苛，自之之這個年紀開始，已覺得需嚴加約束自身，加上體內雌激素日減，情緒低落，自我價值更跌落腳跟。

之之洗一把臉，喝一口薑茶，找到知也。

「姐?!」

「告訴母親，我會參加她婚禮。」

她歡呼，可以猜想她正上下跳躍。

「母親的婚衣——」

「別得寸進尺，穿一套蛋黃色香奈兒即可。」

「母親最近被我勸往醫生處做臉皮手術，年輕十年不止，又除去些許腰部脂肪——」

「快變科學怪人。」

「阿姐，瑪利雪萊真是天才，十八世紀女性，竟寫成奇妙科幻小說科學怪人。」

「知也，你聊天如意識流，思維不住跳躍，難以捉摸，我不說了。」

汪量替她罩上外套，「我們去喝一杯。」

整家店只他們一桌。

店主自認與汪先生熟，索性坐下陪酒，「這位是汪太太吧，素顏比上鏡更加好看，幸會幸會。」

汪量笑笑說：「不要議論朋友女伴。」

「是，是，我失言。」

他立刻走開安排小吃。

「這人，平時還妥當，可見生意欠佳影響心情。」

之之有感：「俗語說：人窮志短，窮凶極惡，也有些理由。」

女侍遞一碟毛豆子上來，聽到這話，打一個冷顫，「但是，」她搭嘴，「也不能殺人放火呀。」

之之一怔，啊，她知道女侍指什麼人。

她說：「報上刊登那人照片，我又看電視新聞，才近距離看到兇手模樣，真嚇壞人，渾身寒毛豎起，從未試過如此害怕，以往兇手被警方逮捕，頭上都戴着黑布罩，看不到五官，這次，清楚顯示一個動手殺人的罪犯！十分年輕，五官有點扭曲，眼睛高低一隻大一隻小，嘴唇邊一塊大黑痣，就是他，殺死有孕女友，屍身裝入衣箱，丟到郊野，乘飛機逃逸，回到本市，還用女友信用卡盜取金錢，啊，世上確有妖怪魔鬼，那他站太陽底下，鞠躬說對不起，對不起？人家的女兒永遠不會回家，那胎兒永遠不會學走學語上學，他說對不起，對不起不是在路邊碰到人才說的三個字嗎。」

店主過來把她叫開。

之之說：「沒有人，讓這位女士把話說完。」

「有人把我殺死，向我說對不起？喂，阿叔，人命關天，為什麼要寬恕？」

店主說：「快去廚房喝杯水。」

「你開除我也罷，這店反正做不下去，這人是引起社會不安的罪魁禍首。」

她忿忿走開。

汪量取起酒瓶放下鈔票離席。

之之說：「我也生氣。」

汪量握住她的手吻一下，忽然發覺觸唇的不是硬石膏，而是軟柔肌膚，有點訕訕。

這時，之之發覺街上平靜，只有三五群行人。

汪量看看時間，「已過十時，鐵路已停止行駛。」

「悶極總想出街走走，本市居民習慣夜生活，居所狹窄，養成視歸如死習慣，一向隧道夜深三時都塞車。」

「之，你不是夜行人。」

「非常年輕時也曾在農曆年通宵不寐迎新歲。」

阿黃把車駛近。

「汪先生，這些日子，多得你照料我們三母女。」

「什麼話，我愛過的女子，我愛一世。」

這種承諾很少有男子做得到，無論如何，男子如明白女子苦處，畢竟溫暖窩心。

「聽說你答應出席岳母婚禮。」

之之點頭。

「這個決定不容易。」

「是否又由你代辦。」

「不不不，那馮先生是很能幹的畫商，他懂得怎麼做。」

「也送鑽冠嗎。」

「聽說訂了一批好酒。」

「不會很鋪張把。」

「請生意上朋友另外有日子地點，我們去的，只十多人。」

之之鬆口氣。

「為何那樣怕見人。」

「因為，已經見不得人。」

「胡說，那只是你的心理障礙。」

「預期會與你一起往英倫。」

不料汪量說：「真不巧我有事要往中東簽約，恐怕會趕不及，我會盡量安排時間。」

之之有點失望。

這些日子，他一直在身邊，成為習慣，像每晚喝杯熱可可才睡覺，忽然說欠奉，未免失落。

「我會叫井秘書替你辦旅途事宜。」

工作室學生一聽，「嗄，王老師，你也要走？」

「我去參加家母婚禮，三五日即返。」

更加吃驚，「母親婚禮？」

是呀，時代不一樣。

「你對繼父可滿意。」

「哪裏管得着，」之之口氣似無奈家長，「但願她高興。」

「你可為她縫製禮服。」

「我已經婉拒。」

「可有照片欣賞。」

「回來一定有。」

其實知也已傳給之之看過。

母親經過矯形，恢復十多年前樣子，精神奕奕，不愉快的皺紋，萎靡的眼袋，下垂的耳珠，全部一掃而空，臉頰斑點，全部搬家，她剪了時髦髮型，適度化妝，前後判若兩人，很明顯知也美貌遺傳自她。

適度整形如此成功，啟發之之。

不過，老媽已不像老媽。

不是說不好，但畢竟已不是媽媽。

失落可想而知。

之之把母親與知也及自身照片取出比較。

最伶俐美麗的自然是知也，照片中的她雙目都似會傳情，她並不是想勾引什麼人，那些人花不迷人人自迷。

這是艷女天生本領。

之之看看月份牌，這種時刻，英倫天氣已經寒冷。英國的寒冷，另具一格，溫度不是很低，徘徊在0℃左右，會結冰，會下雪，長月不見日光，叫人氣餒得寒徹骨。

之之有一件從前做的貂鼠皮背心，毛鑲在裏子，外加織料，看不出，不怕環保人士斥罵，但也內心過不去，收在衣櫃底部。

是否要取出穿呢。

在這種時刻，她想到的還是自家瑣事，之之汗顏。

秘書過來與之之談細節。

之之一怔，有什麼細節？一張飛機票，一間酒店房，與一件中型行李。

井秘書堅持汪先生覺得獨身女子住酒店沒禮貌，住朋友家有個照應，「不」，之之不領這個情，「那麼，只好置一間公寓，王小姐喜歡河景還是園景。」

之之覺得汪量什麼都好，最大優點是有肩膊肯擔當，但缺點是完全不介意花些不必要的錢。

秘書不出聲。

「不過是三兩天，不用。」

「對，我活該睡到火車站。」

「王小姐別生氣，一個時髦女子，怎好在倫敦沒有一個歇腳處呢。」

之之仍然搖頭。

韋偉來接，「兩位，舖位已開始裝修，請過來提供意見。」

之之一想到宮殿式水晶玻璃吊燈與燦爛大鏡子，已經駭笑。

韋偉有點生氣，「沒看就皺眉頭。」

確是有點不公平。

到達店鋪已是黃昏。

之之已納罕市中心居然有這樣好地方，不是半山，只是走兩行石級，打橫一排三層樓紅磚平房，本是廠房，改作店舖，原本頗難處理，但韋偉匠心獨運，並沒有用白色鑲金邊大門，反而找到舊禮堂古木打橫移動大門。

轟轟推開，一樓是會客室與辦公室，才鋪好地板，已見氣勢。有一張大得不常見桌子，足足十呎長四呎寬，放着各式圖樣，似建築公司架勢。

之之微笑。

「好不好。」

之之點頭，秘書在一旁讚嘆。

抬頭，燈都嵌入天花板，樓頂奇高，通爽舒適，用天井玻璃採光。

之之心想，要價十萬元一件婚服，也很難歸本呢。

「好，到二樓陳列室了。」

之之一走上樓梯，怔住。

眼前的景色證明，凡事只要用心，都可以做得盡善盡美。

陳列室與試衣室是一間長型大廳，一邊是鏡子，鏡面並不閃亮，已經起霧，角落生鏽，做得維妙維肖，活脫似已經存在百年，照過無數衣香鬢影，如今倦怠，但卻捕捉了過去幢幢倩影與幽魂，走近些，或許還可以聽見輕柔嘆息。

之之完全神馳。

抬頭，是十多盞古董吊燈，式樣有點參差，若干瓔珞已經失卻，但是設計師毫不介意，每塊玻璃擦得晶亮，反射到鏡子上，又再反映回來，照亮全室，那光線還沒停止，另一邊牆全部是長窗，照向山腳街外華燈初上，好一幅夜景。

秘書脫口而出，「誰的設計？」

背後有一把聲音，「在下劉奇志。」

他們一轉身，看到一個英俊清秀年輕男子，與韋偉像是雙生子。

「是你，久聞大名，如雷貫耳。」

「王小姐還喜歡嗎。」

「Not too shabby。」

「謝謝。」

之之此刻已知端倪。

劉奇志微笑說：「汪先生叫我自倫敦回來與韋先生合作。」

韋偉在一旁笑得合不攏嘴，「奇志完全明白我的心思。」

之之想起，「那具三角恐龍化石，也是閣下傑作？」

大家都笑。

他們是英國同學會會員，談一會求學時期趣事，忽然傳出咖啡香，傭人捧出茶點。

劉奇志大膽邀請，「不如一起吃飯。」

這位劉先生是當下華裔名建築師，之之知道他大概不習慣聽到「不」

字，但之之畢竟是之之，她這樣說：「今晚我還要收拾行李往倫敦參加家母婚禮，下次吧，下次在倫敦重溫福祿店燒鵝飯。」

劉奇志毫不介意，哈哈大笑，「哪裏是燒鵝飯，鵝是英女皇屬下動物，不能宰殺，一百年來分明只是燒鴨。」

大家又笑一回。

井秘書問：「三樓是什麼？」

「工場。」

「店名，叫什麼？」

韋偉答：「福祿。」

大家又笑。

笑得太多，之之面頰瘦軟。

秘書說：「這次韋先生必定打響名號。」

「這怕是蝕本生意。」

「汪先生自有分寸。」

之之看她一眼。

助手才發覺口氣大了些，立即噤聲。

之之一個人動身。

秘書知道説錯話，懊惱不已。

她怎麼會知道汪先生的分寸？

天氣在法國寶龍這邊還艷陽普照，飛機一到英法海峽已經濃霧密罩，這奇幻的雲層在二次大戰救了倫敦，否則希特拉轟炸機通行無阻，災難更難想像。

之之坐頭等。

未想到井秘書在經濟客位跟上。

「——汪先生責我亂説話，罰我坐飛機尾。」

之之啼笑皆非。

這時，服務員囑秘書返回原位。

之之對服務員說：「她與我一起，同樣是汪量先生客人。」

服務員走開一會，是機長過來笑說：「王小姐，前邊有空位，你的秘書已升級。」

抵達倫敦希斯羅飛機場，之之已感到有些壓力。

沒想到整家親自接飛機。

知也照常吸引注目禮，站在她身邊是新男友肖恩，之之心中嘆氣，怎麼會比得上汪量。

他畢恭畢敬叫「姐姐」。

之之有心為難，「離婚手續辦妥了嗎？」

知也把男友輕輕推開，「之之，這是馮叔。」

之之點頭。

她踏前一步叫媽媽。

老媽氣色奇佳，真人比照片還年輕漂亮，只有之之這個做女兒精細目光才發覺她眼耳口鼻頸全部做過手術，而且巧奪天工，做過多次還認得清是本人。

「母親怎麼親自出來。」

那馮先生如果願意承認年屆花甲，那還真保養得不錯，但他扮年輕，穿那種仿日本中學生式校褸西裝，特別短身，這樣一來，一轉背，便看到中年人發福臀部，何苦，三不像。

他打着哈哈：「美人，美人。」

之之不大理他，只是賠笑。

知也爭着拉姐姐往自己居所。

馮先生說：「當然是住我們那裏。」

忽然多出許多至親，之之感覺荒涼。

秘書輕輕說：「王小姐住朋友家，這是她電話號碼。」

馮先生說：「既然之之已經抵埗，晚上一起吃飯。」

秘書答：「王小姐先休息一會。」

做母親的忽然忍不住，「我自與女兒說話，秘書女士你何故頻頻插嘴。」

之之連忙說：「我梳洗一下馬上過來。」

秘書委屈得不能說話。

之之輕輕說：「回去升級。」

她輕嘆一聲。

暫住所是市中心一間老式公寓，無升降機，走樓梯，那座大理石樓梯略為寬闊，兩人站着說話也不虞妨礙他人上落，像那著名建築學院鮑好斯樓梯，韋偉與奇志一定喜歡。

隔間不大理想，但一室米白倒也潔淨。

秘書說：「我睡書房。」

「又是汪先生吩咐吧，他是控制狂。」

秘書不敢置評，「我做咖啡。」

之之一進臥室，倒床上，呆呆看天花板，心中那股莫名不安感覺又緩緩上升。

她還是睡着了。

這個夢已經做過多次。

他轉過頭，一副蔑視，他說：「我知道，你想我同你結婚。」

這也許是男人對女人可以說的最惡毒一句話。

之之再蠢也明白了，不用再在此人身上浪費時間精神，招致的不過是更多侮辱。

當初，也苦苦追求：別具一格的餐館、最難買票的電影、四處旅遊、別致小玩意……忽然心變，他母親不喜歡王家，「有一個女兒打扮如妖精，母親失婚，將來你負擔重」，日夜嘮叨，白眼相待，終於分手。

那段日子極難捱，她除出上下班，都窩家中，知也卻剛露頭角，日夜不停接工作，經理人說，「真奇蹟，每個廣告都受歡迎。」

母親看到之之傷懷樣子，氣說：「真沒出息，為這種人哭哭啼啼。」

家裏好像耽不下去。

知也說：「姐，搬出住。」

「入不敷出。」

「我出一分力，我與你合股，我也怕老媽嘮叨。」

知也救她。

想到這裏，之之臉上柔和，姐妹只差兩歲，知也聰明美麗，人見人愛，她認真失色。

收入較高之際，知也建議送她留學。

「那不好，花費甚鉅。」

「姐太看輕我，」知也打哈哈，「出去溜一轉，有學歷可投考一級工作，如今理髮師傅也要文憑，去英倫吧，稍微便宜點。」

「費用一定還你。」

「不用啦，兩姐妹，最終誰靠誰還不知道呢。」

眼珠滾圓的知也看上去似小孩，說話卻老氣橫秋。

家中昏暗氣氛靠知也一力提升光明。

一次，知也攬笑，過年送母親一隻鞋盒，打開，原來滿滿是千元大鈔。

母親笑逐顏開，「知也你發癡。」

之之也想如此瘋狂鄙俗一次，不但沒有能力，且實在做不出。

在外讀書並無返家，也無人追她回去，之之在一間唐人街黑市製衣工廠賺外快，做至深夜，受累傷風不停咳嗽，廠主讓她看醫生，怕她染上肺病，幸虧只是虛驚。

廠裏布頭布尾她用來設計自家式樣，卻被買家看中，挖角，之之捨地下工廠而去。

廠主不捨，「做得不高興可以回來。」

但之之沒有不高興，不到一年，尚未畢業，已設計一系列上班女服。畢業，又多做一年。

直至回家，之之還看到中級時裝店有她的設計出售，不過用的是廠家名稱，她是無名英雄。

回家前她參加歐洲自行車旅遊，遊覽七個國家才數百英鎊，累得走不動時她這樣鼓勵自身：以後不會再來，就算重遊，看法想法也不一樣。

回到家中，才發覺整個人比從前輕鬆平和大方，起碼再也不會為任何人哭泣，遇事沉着應付。

母親與知也衝突，之之反而做中間人拆解歧見。

知也第一次婚姻完全失敗。

那人有叫知也不可忍耐的特殊癖好，不到兩年分手。

在律師事務所，之之為妹撐腰，沉着臉談判條件。

那小生意人苦苦哀求，「知也，我知錯，我答應戒酒，再也不會叫你把我自會所酒吧抬回家。」

之之對律師說：「我妹才廿三歲，不知何時才能忍到三十，此人毫無家庭觀念，不必勉為其難。」

那人聞言吼叫：「我會記住你，你挑撥我們夫妻分手，你是老姑婆，妒忌別人。」

這次錯着，知也分到一些資產。

最終那第一任丈夫說：「知也你要般含道的老房子吧，比較寬敞，一家三女可以一起住，還有，門外一棵桂花樹，岳母說最喜歡。」

知也並無道謝，這是她應得的，每年拍兩部戲的她，片酬不低，她氣派已全不一樣。

離婚後知也與男友到歐洲旅行，自秋季到農曆年不返，之之再三催促，她才戀戀不捨返家，這樣說：「我一生中最輕鬆日子。」

知也的故事，可寫上中下三本書，但她自家說：「都會每個略為平頭整臉女子年輕時都有類此故事，誰要看，姐，寫你的奮鬥史或許能引起共鳴。」

然後，汪量在知也生命中出現。

一個軍火商人。

床頭一隻黑色舊電木電話鈴鈴聲把她叫醒。

秘書聲音：「王小姐，汪先生到了，我們可以進來嗎。」

之之跳起穿上運動衫褲開門。

英軒的汪量就站在她面前，之之心頭一陣歡喜。

之之看到他身後一個人，「噫，殷律師，你怎麼也來了。」

汪量穿着件長大衣，裹得十分嚴密，沒有脱下的意思，他走近注視之之。

之之怕這是夢中之夢，伸手撫摸汪量臉頰，他又瘦不少，但肌膚與鬚根觸覺卻證明不是夢。

「你可是趕來參加婚禮？」

汪量把之之拉到一角，「我不出席，這份禮物，請你送給岳母。」

「人到了，不出席？」

「我有急事，只能逗留數小時。」

這麼忙。

他微笑，「人在江湖，身不由己。」

無論什麼話由這個人說來，可信度均甚高，之之只能看牢他笑。

笑太久，一定有點傻，之之抿嘴，但那笑意由心內鑽出，喜孜孜阻不住，之之還是繼續笑。

這時殷律師向汪量使一個眼色。

汪量站起，「我要走了。」

賊一樣的來，賊一樣的走，真奇特。

他在門前忽然轉身，緊緊抱住之之，下巴擱在她頭頂，「之——」他哽咽。

殷律師叫：「喂，喂，喂，這是幹什麼。」

他很快鬆手，頭也不回離去。

殷律師緊緊跟住他，燈光下淚光一閃，她似流淚，為着何事。

井秘書也一臉狐疑之色。

電話急追她們明早十時去到馮氏畫廊觀禮。

秘書連忙替之之準備禮服。

她哭喪着臉，「慘，我帶了自己一套，忘記王小姐那件。」

之之揶揄，「那麼，只得把你那件讓給我穿了。」

「啊，王小姐不生我氣，終於肯與我說笑了。」

「早些起床，明朝去買。」

哪裏睡得着，第二早起床，只看見黑眼袋，頭頂上罩着一團烏雲，隨時下雨。

香奈兒還沒有開門，之之與秘書在店門外等，女店員已上班，在店裏看到如此熱情顧客，笑逐顏開，還差五分鐘，開門給她倆。

秘書速戰速決，伸手一指，「淡藍那套，六號，配鞋子手袋手套，我們趕時間。」

在更衣室換上，隨便撲兩下粉，秘書付賬，不忘讚賞：「行，麗人說什麼都是麗人。」

店員忍不住笑，替她們叫了車。

已經十時三十分鐘。

如此搞笑狼狽，之之不由得把不愉快事暫時推到腦後。

秘書在車裏替之之梳頭，夾上同牌子髮夾。

之之說：「嘩，一整套，像鄉下人。」

兩人嘻嘻哈哈趕往畫廊，手袋上還吊着價錢牌子。

遲三十分鐘未算真遲，不過知也已奇蹟般先到。

她穿粉紅色蓬蓬裙，扮小女孩，這女子有一個本事，就是穿什麼都好看。

她迎上，「汪量與我說，他不來了，怕身份尷尬，不好意思，說禮物在你那裏。」

禮物！

秘書這時說：「在我處，我帶來了。」

之之鬆口氣。

知也接過打開，小小藍盒子內寶光閃爍，大家看到是一對大鑽石耳環，鑲工與大小與老媽主持知也婚禮戴的那副一模一樣，不過，這副當然是真貨。

知也低呼：「價值連城。」

她們母親出來，穿的正是之之那套上次替她設計禮服，她瘦了一些，穿上更加飄逸。

「媽媽，恭喜恭喜。」

知也輕巧替母親換上真鑽石。

服務員送香檳過來，之之拿了兩杯，一一喝盡。

店面相當寬敞得體，但不能同之之的婚紗新店相比，牆上掛的畫作，有些相當醜陋：噱頭太多，過份奪目，不是之之那杯茶。

馮先生這樣說：「之之喜歡哪一幅，我們送給你。」

「不不不，」忽然想起，「那些米羅版畫呢。」

「啊，已經出售。」

之之攤攤手。

「之，你有點意見吧。」

「不，我沒有意見。」

「知也說你說得最多是『不』字，這下子我相信了。」

之之不出聲。

「讓我介紹自己，我姓馮，叫馮山，兄弟中排第三，數代居英，民國時就做僑民，我還是第一次結婚，幸虧老大老二各有三子，逢商必奸，我不例外，不過還算有點分寸——」

之之已經笑出聲，沒想到馮氏如此風趣。

「我想說的是，我與你母親在一起，十分愉快，像是終於尋返少年時伴侶，無話不說，無處不去，極微細之事，也高興半日，早兩天才遊遍蘇豪喝家製啤酒，有些味道可怕似肥皂水——」

之之又笑，漸漸軟化。

「之，我們自製冰淇淋——」

有人在另一角叫：「新郎躲何處？證婚員來了。」

「之，我想說的是，請接受我。」

之之擁抱他一下。

他高興得鼻子發紅。

馮山朋友站滿畫廊。

他介紹兄嫂給之之認識，他們很客氣：「一個比一個美。」

一生只見三兩次的親戚越來越多。

母親得到新生，還有二三十年要過。

馮氏叫人送外賣燒鵝飯，還有普洱茶戒油氣，知也苦惱，「這茶聞上去像蟑螂屎。」

那肖恩悄悄追上，「之姐，我知道你不喜歡我——」

之之頭也不抬，「知道就好。」

那小子碰一鼻灰，說不下去。

婚禮這件事，真是鬧哄哄，你方唱罷我登場……

過一日，之之問秘書：「汪先生有找我嗎？」

「沒有。」

之之沉默，她還想問：「公司如常運作？他人在什麼地方？幾時回轉？」

秘書又怎會知道。

知也約之之夜間出動討糖。

「討什麼糖？」

「噫，你忘記萬聖節。」

「就是孩子們玩意。」

「我是帶小孩四處敲門。」

「不去。」

「你今晚就回程，順我意可好。」

「世上最討厭是你。」

「我替你倆準備大塊印上蜘蛛、骷髏、鬼魂的黑紗，罩上即可出發。」

知也真夠瘋，什麼都玩。

秘書拍手參與。

門鈴一響，「Trick or treat.」

門外站着知也。

這是何種打扮？她濃妝用長假髮結成長辮，大冷天只穿一件黑色小背心、短褲，露出雪白大腿，配黑靴，這還不止，兩條玉腿上綁着皮帶套，套內插着兩把自動手槍。

之之目瞪口呆，她扮什麼。

知也笑，「這還看不出？之姐真離地。」

秘書發一會怔，忽然脫口而出，「盜墓者羅拉。」

知也大笑，拔出手槍熟練舞動打轉，學着羅拉英國口音：「My father, the ambassador…」

秘書拍手讚好，哈哈大笑。

之之悻悻說：「把皮不凍破了你的，都快下雪了。」

「放心，我有大衣。」

「我不去。」

強被拉出門。

兩隻披黑紗的鬼魂跟在她身邊。

走到第一家鄰居，天已飄雪。

只隱約一點點，魅影似兩三雪瓣，似想落地，但太輕，清幽地又往上揚，沾到人的頭髮。

之之出神欣賞。

知也就那樣光着大腿按鈴。

有人開門，是一大一小兩個男孩，大的有十七八，小的只得十一二。

兩個一見知也，呆住，張大眼睛與嘴巴，為艷色震撼，動彈不得。

知也笑着稱呼：「你好，請給糖。」

那小男孩猛然拔腳轉回屋內，不到十秒鐘捧出一隻裝滿糖果紙箱，舉高高奉獻給女神。

之之實在忍不住，笑得彎腰，蹲倒地下。

鄰居太太出來用力關上大門。

知也看着豐收，「不用去別家啦。」

之之摘下黑紗。

「看，多有趣。」

活在當下，確實開心。

「我們跟整個製作組一起去酒吧，姐，不准你回公寓一個人發獃。」

「我怕冷。」

助手給她一件大棉襖。

她們跟團隊上車往市區出發。

一路上只見扮殭屍與超人最多，嘻哈大笑。

像真程度越來越高，整街妖魅。

之之少年時看過一個故事：年輕人到鄰舍參加萬聖節舞會，玩了一宵，高興得不得了，凌晨才回家，遇見同伴：「咦，一整夜都等你，去了何處？」「不是那間大屋嗎，你扮成異形，肉酸得要死」，「不不，是對街那間大屋，你去錯地方，你去的是著名鬼屋」，少年，同真的鬼怪玩了整夜。

酒吧內更多爛面鬼，之之坐在一角不出聲，喝着紅色如血液般櫻桃汁。

有一隻骷髏坐近，「為何獨自悶悶不樂。」

他一隻眼珠掉下，吊在面孔一邊。

之之伸手一拉，眼珠脱出。

他叫：「唷，我只剩一隻眼，已經夠慘，現在連這隻也失去。」

他比知也還要起勁。

他試探，「男伴不在身邊？」

「看到那隻獨角獸沒有，他與我一起。」

「這裏缺氧，我們上街散步。」

「他們會找我。」

「相信我，要找，一定找得到。」

兩人走到門口，他脱去骷髏頭，是一個紅髮年輕人。

「你來自何處。」

之之報上。

「啊，那邊情況如何。」他挺關心。

全世界都看到新聞。

「此刻震驚過度還不知道痛。」

像留堂小學生，等到家長來接，才痛哭失聲。

這時一個哈利波特走出，「之之，找你呢，我們去別家。」

那人説：「真掃興。」

之之笑，「幸會。」

她沒有跟大群走，同秘書說：「你再玩一會。」

「不行，汪先生囑咐我貼緊你。」

「回去升級加薪。」

有人放起鞭炮。

她倆回公寓收拾行李。

之之與母親道別。

忽然像姐妹般芥蒂全消，當中苦日子也彷彿淡忘，舊親友的調侃諷刺譏笑揶揄低踩全部扔開，如果不太苛求，幸福也算到手。

母親說：「我暫時不回去了，我們其實甚少親友，沒有誰認識我們，我們也不認識誰，統共，也無良好記憶。」

「你多多保重。」

「之之，你也是。」

秘書知會韋偉。

這大男孩手舞足蹈迎接之之。

一見面，狗口不長象牙，「喲，臉乾巴巴，這長途飛機累人。」

之之看看他身邊，「劉奇志呢。」

韋不由得吁口氣，「已把他拘住這麼久，我也不好意思，他在國內有工作，走開一會。」

「你不跟去。」

「我們客人名單一呎長，怎麼走得開。」

之之點點頭。

「之，奇志給我們運來一副人家拍電影用的幻燈機，像魔術一樣，全東南亞只我們有，你一定要看。」

秘書答：「王小姐累得雙眼睜不開。」

「咦，我又不是同你說話，你截什麼糊，我與我的合夥人商議，你少插嘴。」

之之說：「是是是，我梳洗後就來。」

「不行，」固執如孩子，「此刻，馬上。」

之之說：「好好好，上車。」

店內全部裝修完工，大門用金漆鬆篆書「福祿」兩字，秘書說：「天啊，真的叫福祿」，韋答：「金漆招牌。」

之之微笑：「難得有人如此興高采烈。」

一進門便有服務員遞上熱毛巾抹手，外加熱咖啡醒神。

一位客人正在二樓試身。

韋偉悄悄走近，低聲對之之說：「看我祭出法寶。」

燈輕輕暗下，那位小姐轉身，「咦。」

「翁小姐，請看鏡子。」

那位翁小姐應一聲，一聽便知來自星洲，口音摔都摔不掉，啊，是南

洋貴客。

鏡中當然是她的倩影。

翁小姐膚色略深，大眼靈活，個子不高，她正試穿一件大蓬裙，十分華貴。

韋偉說：「我有更好設計，你請看看鏡中投影。」

鏡中反影忽變，翁小姐身上換了件衣服。

啊，是背後放映機，許多時裝店都備用，只是影像沒如此逼真。

「翁小姐，你轉個身。」

這下，就不是每具投影器都做得到，鏡中人魔術似跟真人做一個三百六十度轉身。

翁小姐瞠目結舌：「這——」

「我自作主張把翁小姐化妝也更改一下。」

真是高招，翁小姐妝容自然起來，粉色深一號，她看上去更加活潑。

「翁小姐，婚紗裏添加一層含羞淡紅，你看如何。」

那樣一來，與膚色對比不那麼強烈。

翁小姐捧着自己面孔，一時激動，說不出話，忽然淚盈於睫，「我想像的就是這樣，媽媽，媽媽，我找到了！」

之之與井秘書輕輕退下。

秘書輕輕說：「這韋偉，他還是魔術師。」

「唉，客人歡喜就行。」

一位貴太太自樓下奔上，看到投影，又笑又叫：「哎呀，囡囡，你像公主一樣。」

那麼遠趕來有異常社會活動的都會，怎可令她們失望。

也算貢獻了社會。

之之覺得安慰。

店內職員都上來鼓掌。

助手問：「什麼價錢。」

韋偉在身後答：「翁家是星洲置地千金，不在乎價目，她識貨。」

之之點頭，「精彩。」

她想回家，被韋偉攔住。

「之姐，我有一個問題。」

「說吧。」

秘書識趣，「我聞到草莓鬆餅香，我去小廚房看看。」

「之姐，你看奇志這個人如何。」

之之一怔，「我不知怎麼看。」

「單看表面好了。」

「建築界著名人物，我在建築雜誌見過他照片設計訪談，有口皆碑。」

韋偉沉吟，「照你私人觀察呢。」

「我並無法眼，韋，你自己怎麼看。」

「我苦惱。」

「我幫不到你啊。」

「之，我與你如手足一樣，你說兩句。」

「你倆那麼漂亮，又有才華，但兩人都是藝術家脾氣，磨合不容易。」

「之姐，說到我心坎裏去。」

「很明顯是有緣份——」

「之姐，怎麼辦？」

「假使是知也，那真想也不用想。」

「我是受過傷的人。」

「那也不能從此養十隻貓孤獨終老。」

「你鼓勵我？」

「奇志的意思如何。」

「他希望結婚。」

「那是認真的了。」

「並且立刻找代母養育子女。」

「他渴望擁有家庭。」

「全情投入家庭生活，這一步——」

「的確快了一些，你想多些了解。」

「之姐，你是明白人，但奇志笑說要一個人了解另一個人，那比了解宇宙還難，人心原是世上最黑暗之處。」

之之不出聲，劉奇志的智慧層次顯然比韋偉高一個層面。

「韋，你也是聰明人，順其自然吧。」

「那麼，做我證婚人。」

之之搖手，「又得來回乘長途飛機。」

「之姐，你與汪先生一起。」

之之說：「他也很忙，一連幾日沒收到他消息，韋，你請律師幫忙走一趟溫哥華吧。」

韋又猶疑，「我再想想。」

「過了父母一關沒有。」

「我們早已與父母失聯。」

之並不勸告，人家有人家的原因。

「你與汪先生，也快了吧。」

「韋，你自己也煩着，別管閒事。」

「是，之姐。」

離開福祿發覺人客在樓下登記。

韋相當會擺架子，先用電話申請，再親臨店門登記日子排隊試衣裳。

越是這樣麻煩討厭，客人越覺值得。

像追求之際，多艱難困苦都不怕：寒天抱膝蹲樓梯口等上大半夜、越洋追蹤、當掉身家籌備婚禮、全部親眷反對視若無睹……

不知為什麼如此賣命，然後，不知為什麼，忽然煩膩，去之而後快，攆走之後，差些沒放鞭炮慶祝。

秘書說回到家第一件事便是喝母親煮的老火湯。

還有，看到模型飛機都害怕。

「韋與劉結婚會白頭偕老否。」

之之回答：「世界離婚率為百分之五十三。」

「王師母與馮先生是餘下那百分之四十七吧。」

「沒有人知道，此刻，他們一齊坐公園吃冰淇淋看孩子們追逐笑鬧已經夠開心。」

「那麼，王小姐亦應與汪先生結婚。」

「你倒是不怕調職。」

之之回到公寓，也有雞湯喝，女傭說：「王小姐回來啦。」

她睡足二十小時。

略醒過幾次，只是起不了床，喝口水，再躲入被窩，朦朧中聽到說電話聲，有人開門關門，女傭回家，早上又再出現工作。

之之終於同自己說：「起來梳洗，吃些東西，然後再睡。」

想像中老年生活正應如此，切忌找同好坐一起東家長西家短酸溜溜中傷別人。

她亮着電視一邊看新聞一邊刷牙。

警方發言人說：「……來來去去那幾招：堵路、丟汽油彈、甩雜物、打玻璃……」

不知他還希望看到什麼。

女傭探頭進來，「王小姐，殷律師找。」

之之看鐘，才九點半，這麼早，可見做事的人就是做事的人。

她連忙更衣迎出。

殷律師在晨曦中微笑，「我已知會過你的管家。」

「不客氣，請坐，殷律師有事？」

殷律師臉色緩緩沉着，「之之，你先坐下。」

「殷律師可吃早餐？」

女傭預備兩份燒餅油條與豆漿。

殷師喝一口鹹豆漿，「之之，我這裏有一份美聯社新聞稿，將於午後發佈，你請先過目。」

「與我有何關係？」

「有關汪先生。」

之之一怔，「啊，他又要結婚了。」好不失望。

「你先過目。」

之之接過那張A4尺寸紙張。

「華裔英籍商人汪量，因涉私運軍火由美至禁運國家伊朗，現遭溫哥華海關及警方扣押，待提堂審訊，審議引渡條件」，接着，是提訊日期時間，「倘若罪成，最高可被美國判監禁十五年」，又提及汪量履歷。

之之讀很久，字句才映入眼簾，但不能接收，尤其是汪量二字。

怎麼會有這種意外。

之之像站在一列鐵道中央，聽到火車自遠處朝她方向軋軋駛來，越來越近，她竟不知跑開，眼見火車頭大燈照射，她睜不開眼，火車響緊急號角，電光石火間撞到她，她肉身迸射，化為碎片，精靈飛上空間。

之之腰間痛得站不起。

那輛火車轟轟而過。

有人握住她手，「之之，這純屬誣告，兩國相爭，若干人牽涉在內，已組織律師團隊前往處理該事，希望盡快還他清白。」

之之耳鳴，只聽到三分一。

這時殷師喚傭人斟熱茶。

不知過多久，之之凝視窗外藍天白雲的視線轉回。

「其他人知道沒有。」

「我稍後聯絡知也，第二早新聞出來，新聞界勢必搜底窮掏資料，她許會受驚。」

之之緩緩説：「近月這些私秘已成為次要，頭條日日談論這個城市的命運，知也或許可以避過此劫，希望只在內頁刊登小段。」

「你分析正確，千嬌百媚的她能否承受壓力？」

之之想一想，「她並不纖弱。」

「那我目光有失。」

之之問：「他人在何處。」

「在加拿大溫哥華過境時應美方要求，被拘留。」

之之略為安定，「加國有法制。」

「之之你有見地，他們正在盤問，數日內或正式起訴，已有最優秀專門辦這種案件的律師出手，但是程序複雜，或許需時數月。」

之之想一想：「我去看他。」

「之，不可衝動。」

「我像是衝動的人嗎。」

「無論如何，你需要認真思考，況且，你不是親屬，你不能探訪。」

「那麼，知也，知也可以。」

「知也與他已經離異，況且，這種時候，他的朋友與生意往來的人，統統避開他門口走——」

「你沒有避開我。」

殷師看牢她，「我真是低估你們兩姐妹。」

「還有他的前妻與孩子呢。」

「第一任前妻已經再婚，明言與她無關，不想受牽連，孩子們在英國寄宿，母親是監護人，不允放人。」

之之忿忿說：「那麼，那兩隻狗呢。」

「已送往看護所，會得到適當待遇。」

汪量似一早知道會得有事，什麼都安排妥當。

「他是英籍公民——」

殷律師輕輕說：「已多方面在交涉中。」

「你這次出現，就是為着告訴我這件事？」

「他不想你在報上讀到受驚。」

之之伸直雙臂，雙手簌簌抖動，手掌如冰。

「之之，汪先生讓我問你：你可願意等他。」

之之胸前一痛，她用手掩住。

「我——」

「之，你認真要想清楚。」

之之與那隻抓住她胸口的無形手角力掙扎。

不知過了多久，只看到殷師鼻子紅紅，她問：「可要耽一會。」

之之揚手，非常非常鎮定回答：「我等。」

殷師別轉面孔，她忍住淚水，「好，我下次見他，會告訴他。」

「並且希望盡早見到他。」

「之，我可以替你辦結婚手續。」

「越快越好。」

「之，我代表汪量這個人感激你，你是他這次不幸中的大幸，很多人會羨慕他。」

「殷律師，你說什麼？」

她們兩人擁抱。

王之之從來沒有做過主動，她沒有勇氣，被動時多，人家追求她，或人家厭棄她，工作上不過不失，先升別人也不介懷，吃好些穿壞些從不刻意追求，但這一次——

這一次不同。

也許汪量一生中從不需要任何人，但王之之知道這次是她表態的時候，再也不可模棱兩可。

汪量已經與知也分手，之之決不拖泥帶水。

她愛這個人。

「你準備冬季衣物，我立刻陪你起程往溫埠。」

女傭追上，「王小姐你又要出門。」

「你守着家，我有要事。」

這次，她沒有帶秘書。

在候機室才想起：「哎呀，韋偉。」

殷師說：「他的事，汪先生也安排妥當，福祿的資金，來自一位老太太的遺產，交代分明。」

抵埗，叫車子到市中心一間兩房公寓。

殷師說：「我的家。」

他們在外國都有房子，一轉門匙便可入內休息。

「我已有三日沒洗澡，你可到客房浴室梳理。」

她一邊取起電話說話。

講話似暗號，聽不大懂，王之之有這個智慧：若有人不想她懂的事，她絕對不懂。

殷師一路把電話帶進浴室。

之之看到玻璃几上有威士忌，立即斟出，開冰箱找到大冰，喝下大半杯，嘆息一聲，倒在安樂椅，這人生，除出苦楚，只有恐懼。

耳邊轟轟聲還沒有停止，不知是火車還是飛機引擎。

再斟一杯酒，她掩住胸口疼痛處，在安樂椅上昏睡過去。

殷師出來，看到斜在一邊的王之之，吁口氣，虧得一個女子在危急時作出如此義憤決定，毫無疑問，她愛他至深。

這個時候，報上新聞已經刊出。

當地華文報亦有中等篇幅：著名女演員王知也前夫被當地警方拘留問話？寫得比較斯文客氣。

事務所把當地騷動新聞傳給律師。

當晚，矛盾鬥爭激烈演出，二人危殆七人受傷，汪量新聞只放在次要地位。

但私運軍火四字，仍然刺目。

殷師喝兩杯濃咖啡，趕出門與其他律師會合。

之之一直睡在安樂椅上。

不知時差日夜，腦海某處，略有記憶，約莫知道已不在家中，她在某國某處某公寓，有要事待辦。

酒醒，天色已暗，頭痛欲裂。

身上有異味，她洗兩遍，洗是淋浴，再浸浴。

可是，沒有替換衣裳。

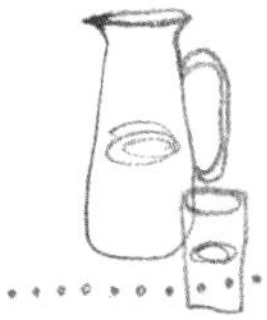

她換上殷師的運動衫褲，看看時間，才下午五點，天色已墨黑。

幸虧商場尚未關門，她找到名牌，買了幾套窄腰鮮色便服，添一件玫瑰紅羽絨泡泡大衣，一頂紫色絨線帽。

心情欠佳，穿歡樂點。

天氣冷冽，黃葉遍地，良辰雖不在，出乎意料，美景仍不勝收。

大包小包回到家，有人開門。

是知也。

之之驚喜，「你怎麼來了？」

「你來得，我來不得，我還是前妻呢。」

「沒想到大明星肯蹚渾水。」

「這點義氣也無，如何跑江湖。」

「殷師呢？」

「累得虛脫，在房內昏睡，小聲些。」

這才看到知也一身衣着與她買回差無幾。

知也捧起姐姐手親吻，「你什麼時候愛上汪量。」

「差不多第一眼，日後發覺，從沒見過如此完美的男子。」

「情人眼裏，他有臭狐，而且打鼾，你不知道。」

「知也，你毋須亮相。」

「這不是吃醋之際，多個人打氣，他振作點。」

「他一向鎮定——」

「你以為。」

「姐，我陪你到街上散步。」

「我想與汪量說話。」

「律師已在安排，急不來，別悶在家中。」

知也戴上口罩，她不想被人認出。

「唷你——」

知也說：「這裏不怕，鎮定，你的手怎麼還在抖，當心數鈔票也數不真。」

知也一向比她勇敢、豁達、聰明。

走到街上，之之深呼吸一下，啊，這才叫做空氣，腦子才可以清晰思索。

她現在應做什麼，是否要好好哭一場，讓身中毒素跟着眼淚流出。

她們到街上咖啡店坐下。

店裏女職員正掛上聖誕裝飾，放到兩隻巨型招財貓玩偶旁邊。

之之與知也忍不住微笑，裝飾七彩繽紛，不知怎地相當和諧。

姐妹倆一直握着手。

知也輕輕說：「汪量並不是容易相處的男子。」

之之不出聲。

「報上把他過去完全抖出，挖苦、揶揄，我已被形容成掘金女，夫妻變成雌雄大盜。」

以知也脾氣，一定如火上添油，炸起來，發表聲明，控告每一家傳媒毀謗。

她輕輕說：「經理人問我可要控告這些不知就裏底細的人，而王知也與汪量年初已經離婚。」

之之答：「這也是一種表態。」

「經理人也這麼說，他們讓我撇清，但，我不想逃避。」

「你不必瞎七搭八兩肋插刀，你自小在社會打滾，應知道誰清白誰邋遢一時難明，刊登聲明也不過份。」

「汪量會看到，他會難過。」

「你還顧慮他的感受。」

知也抬起頭，「他對女人很公道。」

「那麼找個知情人士，對記者說明你們已經離異，互不相干。」

知也仍然猶疑。

「你那新男友呢。」

「應該正在招待記者，聲明王知也與他只是合作同事。」

「那多好。」

「很多人才第一次聽到他名字。」

「那更好。」

「我們倆怎麼了，竟一點血性也無，絲毫怒意不生。」

「我們回去吧，殷師醒轉會找。」

這時有兩個年輕男子走近，「你好，大家一起坐說說話行嗎，你們是遊客？這麼漂亮為何沒有男伴。」

知也一瞪妙目，「有，一隊兵正趕來應約。」

兩個大男孩訕訕，「ok，ok。」知難而退。

姐妹倆相擁離去。

知也咕噥：「那兩名小生活得似阿米巴：吃喝睡，追女仔。」

公寓中殷師正準備文件，聲音沙啞。

這些日子，忙壞了她，說話太多，聲帶受損。

知也沖蜜糖水給她喝，「可要找醫生？這是中風現象，非同小可。」

殷師瞪眼，伸手打知也。

之之說：「我想睡一覺。」

「天都亮了，出發吧。」

「去何處？」

「與汪先生通話。」

姐妹鬆口氣，「啊，可以聽見聲音了。」

她們在雙方律師協助下聽到汪量聲音，非常平靜，像什麼事都沒有，汪量就是這點跋扈，多叫人看不順眼，他真正做到榮辱不驚。

他帶笑意說：「之之，你怎麼來了，順帶觀光，到雪山走一走，如有心情，往育空觀極光。」

「等你一起。」

知也在一旁說：「我也要說兩句。」

汪量這下子忍不住訝異，「知也在你身邊。」

知也抬高聲音，「汪量，我們愛你——」忽然泣不成聲。

殷律師連忙把她拉開。

「放心，正申請有條件保釋——」

時限已到，電話切斷。

知也蹲在一邊，哭得一塌糊塗。

一個戴黑框眼鏡穿舊式西服的中年華裔男子低聲問殷師：「這兩位小姐是什麼人？」

殷師不好支吾推搪，據實答：「汪先生的前妻與現任女朋友。」

中年男子咋舌，都這麼漂亮，又對他關心備至，如此有辦法，羨煞旁人。

之之過去摀住妹妹。

律師團隊進入會議室商討案子進展。

殷師只負責照應王之之，「我們先回去吧。」

路上，她把衣襟拉嚴，「可要找個舒適地方給你倆。」

「不，擠小公寓多安全感。」

「那麼，去買菜做飯。」

知也苦惱，「我連打雞蛋都不會。」

她們到超市買一大塊豬肉、各種蔬菜及蔥、薑。

回到公寓，知也兩隻手把食材全部塞進一隻慢鍋，「豬肉好像要出水」、「紅蘿蔔與芹菜椰菜不用洗？」，「煮多久」，「三小時吧」，「肚子餓，兩小時如何」……

還是律師有經驗，重新料理，一小時便煮成熱湯加熱飯吃起來。

殷師說：「你們若是暫時不走，置間公寓請個管家比較好。」

之之無奈，「我那秘書才能幹呢，不如叫她帶一個女傭過來。」

「大小姐，我們實在不配做女人。」

「分工合作嘛，我們另有職責。」

知也說：「在互聯網找烹飪，噫，我記起了，有種公司專門送食材上門兼有說明書教煮食方式。」

「那不如叫外賣。」

「對對對，一於妥協，非常時期，非常措施。」

殷師找出一張行軍床放客房，三女像學生時期，輪流用衛生間、廚房、客廳。

消息傳出，門外有三兩記者聚集、拍照、問話，還算斯文，略見不便。

有記者用英文大聲問：「聽見王小姐與汪先生早已離婚，為何不澄清？」

知也大聲回應：「離婚就是仇人嗎。」

喊出這一句話，總算出口氣。

「王小姐，請再多說幾句。」

知也不再開口。

一下子，過了兩個星期。

新聞漸漸淡出。

殷律師終於感冒發燒，窩在被褥中喝雞湯讀報紙做筆記。

之之與生氣的韋偉解釋忽然失蹤原因，「有人問起你與我的關係，說你不認得我。」

一旁有人大聲回答：「不可以。」

那是老好劉奇志。

誰是你的朋友，誰不是，一目了然。

劉奇志說：「這與義氣無關，這是我做人原則。」

知也還是得回英繼續工作。

導演與製片在電話另一頭暴跳如雷，連殷師都聽到。

殷師接過電話，「不如把餘下鏡頭挪到溫埠拍。」

那邊開始問候王知也的娘親。

知也無奈，「我立刻歸隊。」

可幸她的工作量並不受影響，正如他們說：在宣傳界，沒有壞的宣傳，宣傳，即是宣傳，況且，這是一個重情義的江湖女子。

知也依依不捨離去。

「拍完戲我就回來。」

「你不必再勞心勞力。」

「你怕我把他再搶走。」

之之忍不住給她白眼，「你太高估自身。」

「姐，我多久沒跟你坦誠相處。」

「再肝膽相照就易鬧翻，回去見到母親，一定要說全屬誤會，放心，無事。」

知也點頭。

殷師有點不捨得，「如此名氣可人兒竟一點架子也無。」

「還留一大堆衣服給我呢。」

「之之，我也得回去轉一轉，汪量這裏可以做的全做了，下月一號上庭看是否可以保釋，你我只得耐心等候，上星期我與他短暫見過一次，氣色還算不錯，他見慣大場面，處變不驚。」

「我想見他。」

「我向他提出，婚後可以申請配偶見面，他不願倉猝。」

「他真糊塗。」

「你們各有原則。」

「唉。」

「時窮節乃見，沒想到連知也這女明星也有原則。」

「不能揶揄女演員。」

「這上下家中情況如何。」

問非所答：「快過年了。」

「殷師，速去速回。」

小公寓終於靜寂。

像是回到廿多歲時一個人留英讀書，冬季假期特長，同學紛紛回家，只得她一個人留在宿舍，她已算幸運，有些宿舍索性關暖氣關大門，她被迫獨處，缺零花，不能走動。

知也怕她孤苦，一有空便在電話講個不停，之之一邊讀報紙一邊聽，等她累了，自動掛斷，之之錄了音，知也聲音出名悅耳，一室糯糯細語，好不溫馨，日子就如此捱過。

韋偉來看她。

「之姐，你憔悴。」

「我沒化妝而已，」之之顧左右，「奇志呢。」

「他在蘇州看地盤。」

「還在一起就好。」

「他稍後到溫埠與我會合。」

之之一怔，終於要結婚了。

「真沒想到有這麼一天，奇志有房子，我們在自己後園舉行婚禮，然後繼續忙工作。」

「韋，祝你幸福。」

「之姐，你與汪先生一定要做證婚人。」

「我沒問題，但是汪量尚不能隨意活動。」

「這裏好算避難所了。」

「是呀，我所認識的親友，幾乎人人在溫埠都擁有房產，據説扯高房價，會有沒修養白人叫華裔回家。」
「遇到這種事，之姐，你如何反應。」
「我叫他也回烏克蘭或愛爾蘭。」
「之姐，那是知也，你不會出聲。」
「不，不，我此刻也在氣頭上。」
「之姐，怎麼廚房都是比薩餅空盒，這樣吃會胖，一輩子減不下去，奇志家有女傭，過來住，我們服侍你。」
「我不是祖奶奶。」
「之姐，你可怕老。」
「當然怕，怕得發抖。」
「死亡呢。」
「韋，最恐怖是失去自由。」
「你別擔心汪先生，我磨着殷師說許多話，她指出案中許多謬誤，其中一項是不依法不讓當事人叫律師，非法扣留三小時，又加國對伊朗的制裁與美不同。」

之之胸口一緊。

「之姐，我帶你去按摩，鬆鬆筋骨。」

之之伸手摸他俊秀面孔，「福祿生意如何？」

「表面上客似雲來，皮費實在不低，打個平手，此刻只做訂製，不設門市，免有女客進來試這個試那個，一天就此報銷。」

之之駭笑。

「獨自來，獨自去，顧影自憐，真叫人奇怪，世上那麼多寂寞的人從何而來。」

之之看到韋腳上一雙電光紫球鞋。

「奇志也有一雙，我倆鞋子全部配對相同。」

這樣，也可以減低寂寥。

「之姐，我幫你做結婚禮服。」

之之駭笑，「不要那種人在大堂，拖紗在街上，釘滿珠片的羅曼尼族誇張。」

「我聽知也說，你曾為自家做過一件婚紗。」

「黑白講。」

「之姐，這是我，你可以坦白。」

「即使有，也是前生之事。」

「之姐，你終於比較肯說話。」

「經過這一次，我又看到很多。」

「有時，真希望眼力不那麼銳利可是。」

兩人一起苦笑。

韋偉聰明、敏感、多情，實在是理想朋友。

晚上，韋偉駕一架愛斯頓馬田，接之之到奇志山上屋子吃飯。

之之微笑，怪不得都叫我們回家。
山下華燈初上，閃爍如一地珠寶。
另外一處都市，也有如此夜景，觀者莫不讚嘆。
之之忽然想家。
「我有信心汪先生會得無恙出來。」
「奇志，多謝你鼓勵。」
這時，電話響起。
之之聽一會，鼻子發紅，沒聲價回答：「明白，明白，知道，一定。」
她放下電話，雙手掩面。
韋問：「誰，什麼人？」
「殷師說，明早我可以見到汪量。」
「太好了。」
「韋，我不吃飯了，帶我做按摩。」

「先吃點東西，我把按摩師傅叫到家服務。」

小菜精美，之之吃小半碗飯。

殷師接着找到韋偉，說了許多話。

韋也回答：「知道，知道，明白。」

他對之之說：「殷師說，你是明白人，穿鮮艷些，用淡妝，不要對汪先生容貌有任何置評，一個人，關着近兩個月，五官一定有變化，不要訴苦，不要抱怨。」

這些之之都知道。

殷師怕她一時控制不住。

按摩師是一中年女子，詫異之之全身肌肉繃緊，長此會影響健康，對右臂疤痕癒合度則稱滿意。她逗留近兩個小時。

韋挑一套知也留下櫻桃紅窄身套裝，「穿球鞋吧，去不知名地方免摔跤。」

不知名之處。

原來走遍天下，尚有不知名地方。

律師在著名法院建築物大門口等她。

「王小姐，這邊，請隨我走。」

逐步走下地下室，全部米白色裝修長廊，沒有人聲，也無家具，廊側有許多房間許多門，若無人帶路，逐間房門找號碼，恐怕費時。

他們又走下一層，忽然有天然光，大堂一邊長窗外有水簾瀉下，人如置身水簾洞內。

「王小姐請坐。」

滿以為是監倉探訪室，重重鐵柵，制服人員來往操走，不是，像一個設計精美會客室。

律師與她候在那處約十分鐘，一個年輕女子走出，「是見汪先生嗎？」

之之與律師站起。

女子讓他們簽署，核準身份文件，檢查身體，示意跟她走入長廊尾，推門入內。

之之一眼就看到汪量。

多久沒見。

之之心酸，一百年了。

她貪婪凝視他。

真是好漢，汪量臉色如常，閃亮目光有點激動，他照習慣看到女性站起。

有監管員說：「請坐下。」

汪量無奈坐下。

他穿着西服，似在辦公室與人客見面。

律師示意之之在汪量對面坐下。

之之連好嗎兩字都說不出。

她牽動嘴角想發聲，只是不能。

之之輕輕落淚。

汪量伸出大手替她拭淚。

「請勿接觸肢體。」

汪量把手縮回。

兩人只是沒有言語。

見過面，彼此都放心。

之之微微笑。

汪量點着頭。

兩人平靜對坐。

律師鼻子發紅，低下頭。

「兩位，時間到了。」

之之照規矩站起，律師輕輕開門，他們離去。

兩人走到地面，恍如隔世。

那天陽光很好，之之深呼吸一下。

「王小姐，我有話說。」

他與她到露天茶座，這茶座在一所小小人工溜冰場旁邊，人聲有點嘈雜。

「明日上庭申請保釋。」

之之喝一口咖啡，定定神，用手帕抹去手汗，「成數可高。」

「官已提出保釋金額以及條件，需配戴電子腳鐐，自聘監管人員，在住所拘留，直至審訊期。」

「何時知道結果。」

「大約明年初。」

「可即時出來否。」

「辦手續需三五日。」

之之遲疑一下，「殷律師可有提及我倆打算註冊結婚。」

律師頷首。

這時，一個三四歲幼兒推着學溜冰架子像小鴨子跌跌撞撞溜近，之之看到紅凍凍小面孔不禁微笑。

「王小姐，我真誠敬佩你。」

之之苦笑，她不過強撐着，勉強維持鎮定，發抖雙膝無人看到，一整天精神就在剛才那十五分鐘耗盡，一旦鬆下，不知還可否站起。

「汪先生說：他不會與你結婚，還未知量刑期限，有可能是十五年。」

啊，原來讚她還有勇氣結婚。

之之輕輕說：「我堅持註冊。」

「王小姐，汪先生也很倔強。」

「他可是要我親口求婚，我願意，我這就去準備指環。」

律師看着她發獃：如此理智，又這樣不理性。

之之說：「看，狄卑爾斯就在對街。」
她向律師道別：「隨時聯絡。」
年輕律師忽然說：「我女友見我非法停車多收告票就要與我分手。」
之之這樣答：「她還年輕。」
一個人逛街也有意思。
店員迎上，「你好。」講的是標準普通話：「請多看看。」
「貴店的原石未切割系列——」
「這邊請。」
店員很靜，任由客人參觀。
另一個店員輕輕說：「可以定製。」
之之幽默地答：「打鐵趁熱。」
「是是是。」店員微笑。
之之沒選很久，挑兩枚原石指環，「這個，與這個。」

店員稱讚，「好眼光。」

未經打磨鑽石，同小石子差不多。

換是知也，萬萬不行，鑽石不似鑽石，戴鑽石幹什麼。

店長出來與之之握手。

回到公寓，接到母親電話，「我這才獲知汪量消息，嚇一大跳，幸虧知也已與他分開。」

「你從何得知？」

「親戚處。」

「是非長短好資料，可有問判刑多少年。」

「之之，你妹妹心情如何？」

「大家都關心當事人。」

「唉，幸虧社會日漸通達，智商開啟，一人做事一人當，知也說對她影響不大。」

「明通的是知也。」

「真想不到汪某如此英俊斯文，竟是罪犯。」

「母親，未經審判，當事人仍然清白。」

「唉，呀。」

「生活照舊愉快？」

「過得去啦。」語腔高興。

「那就不必管閒事了。」

「唉啊，之之，我一早就應做個明白人。」

準備淋浴，才發覺襯衫裏外都濕透。

她怕坐在浴缸起不了身，只站着沖身。

韋偉想知道詳情，忙不迭上門打探消息。

端張椅子在浴室門口說話。

「指環很漂亮，只有王之之才不會把狄卑爾斯店內最大顆石頭買下。」

「人老大就不再計較那些。」

「才怪，有人到八十七歲還到處問子女搜刮錢財。」

「那想必是你切身經驗。」

「我們去為汪先生選禮服。」

「他還不知道他要結婚呢。」

韋偉大笑，學着夢遊仙境的愛麗斯那樣說：「事情變得 curiouser and curiouser。」

之之也忍不住笑。

廿四小時內又哭又笑，她精神受到極大刺激。

隔一日，殷師回轉。

「不好意思丟下你，汪氏的保釋金現銀達千萬美元，我回去替他籌款，總算都辦妥。」

「我看到他了，他狀況不錯。」

「這便是發動意志力時刻，時窮節乃見，他在監守所不忘做運動，每日在梯間上下跑十次，累壞監視人。」

之之點頭。

「聽說你倆不發一言。」

之之垂頭。

「汪說，委屈你。」

「沒事，伴侶，長期計功過。」

「聽說你堅持結婚。」

「指環都訂妥。」

「其實，你看，他也跑不了，何必急在一時。」

「殷律師，你不恰當時間運用幽默。」

「對不起，他怕連累你。」

「他怕？我在中英文報章刊求婚告示。」

「之之與知也其實何其相似。」

「我何時可再見他。」

「不用啦，官批他後日保釋。」

後日，那是明天的明天。

「之之，你需明白，這是一宗漫長涉及國際的案件，待水落石出，恐怕還要一兩載。」

「那就與他守在一間屋子裏好了。」

「若遞解美方呢。」

「搬到美國住。」

「王之之！」

心意已決，她微微笑看牢殷律師。

殷師說：「汪量真成了一個丈夫，一丈之內的夫君，他走也走不開，否則電子儀器會吣吣響，每晚要充電。」

殷師如此詼諧，想必是官司有曙光。

「可用知會親友。」

「就我們幾個足夠。」

殷師笑着離去。

為着這件事，之之足足瘦三個號。

她連夜做夢，已不敢瞌眼。

一會聽見律師說：「暫緩釋放，已決定轉往美國提堂」，一會又獲通知：「汪氏突然發病……」，又看到汪量滿面愁容，「之，我對不起你，我不會與你結婚，一直是你一廂情願」……

她索性靠安樂椅上發獃。

或許，整件事都是幻想，回過神，汪量仍是知也的丈夫。

之之掩臉。

她開始明白為何殷師總是要找個人陪着她。

美容院員工以為她有敏感症，囑咐她服防敏藥，「轉天氣，眼皮會腫，又不好搔，直流眼水，影響容貌，我向你推薦幾味中藥，煎了喝，奇效，」停了停，「若是有感而發，唉，王小姐，以你這般相貌氣質，不怕沒有追求者。」

終於瞧出有關感情挫折。

汪量回家前一日，他的朋友都聚集一室，全到了。

知也與西人新男友、韋偉與奇志、殷師與井秘書，還有汪量的兩個女兒。

女兒成長為少女，那個年紀沒有醜女，守門外記者可都樂了，女孩訂來比薩與飲料招待記者，記者卻說「公幹，不好餐飲」，規矩十足。

一室的人，都有點緊張，不大説話，卻沒停止吃吃喝喝。

殷師一直守在電話旁，怕人多嘈雜錯過。

老好井秘書與王小姐說：「對不起，沒徵求你意見，把你收在儲物室那件衣服帶來。」

之之一怔，本來已經有點差的臉色更加蒼白，「幾時由得你當家作主，信不信會把你開除。」

秘書訕訕不語。

之之說：「帶來也沒用，這些年，我足足胖廿磅。」

那邊，知也與奇志忽然爭吵。

奇志不過說一句：「女性主義說了近百年，始終還需努力，離彼岸尚遠。」

知也斜斜瞪着他，哼一聲，這知也雙目宜喜宜嗔，怎麼樣還是眼兒媚，「你知道什麼，你懂得女子的嘆息？你知道十月懷胎之苦？你了解現代女性身兼數職之苦？」

奇志答：「都靠自身掙扎，不能靠眼淚鼻涕。」

之之過去拉住，「奇志，我是你，就噤聲。」

「這樣只會寵壞刁蠻女，男女永遠不會平等。」

知也忽然發難，撲向韋偉，揪住胸口便打。

「喂，喂，我可沒發一言。」

「他是你帶來的賊仔。」

「奇志是著名建築師。」

「你是著名豬八戒。」

滾作一團。

連兩個少女都目瞪口呆。

這時殷師的電話響，她聽幾句，收線，坐倒在地。

之之趨近，「什麼消息？」

殷師說：「保釋因技術問題得延遲一日。」

之之與殷師相擁，說不出話。

沒有人發聲。

終於，知也站立，「來，我們手拉手，凝聚力量。」

韋偉氣忿，「我不是你小朋友。」

但汪量的女兒安娜與伊娃已經手拉手，井秘書與之之加入，大家圍成一個圈，韋偉寡不敵眾，只得參與。

明明訂有酒店房間，卻不願離去。

殷律師大聲趕人。

結果連知也亦不得不走。

第二天一早，有人按鈴。

之之根本沒睡，奔去開門。

被秘書拉住，「慢着，看清楚是什麼人。」

「你怎麼沒走。」

「我是跑腿，來了就不走。」

門外有嘈雜聲。

之之心中升起失望中盼望，莫非，人已經到了。

門外是一間貨運公司，說半晌，「請簽收」。

「收何物。」

「請出來一看。」

之之走出門外，只見一輛中型貨櫃車後門已經打開，裏邊兩隻大籠子，不知裝什麼動物，咻咻作響，有點嚇人。

之之走近，啊，是兩隻黑色大杜布門狗，之之認得牠們，不禁失態大叫：「痛楚！恐懼！」

兩隻狗也嗅到之之氣息，大聲吠。

運輸員見此，將狗放出。

大狗興奮出籠，走到之之身邊，並無撲上，乖乖停住，仰頭，看牢之之。

之之蹲下，撫摸犬首，「坐下，坐下。」

秘書已簽收。

小貨車離去。

殷師走出，「總算到了，在檢疫站內逗留足足兩星期，進來，肚子餓了吧，他們給你們吃飽沒有？」

兩隻狗雀躍。

到底受過訓練，並不擾民。

「大家都吃苦，唉。」

助手不怕狗，但那麼巨型犬隻，始終忌憚。

殷師把牠們安排在後園。

之之說：「下午會下雨，挪到簷下，先搭一隻帳篷。」

秘書說：「我到寵物店去看一看。」

「順帶買牠們適合的糧食。」

殷師說：「未婚妻、女兒、狗，都集齊啦，他人也該出來。」

之之不語。

稍後，別的律師也都抵達，報告好消息：「鐵定明日下午兩時。」

之之靠在牆上，不能動彈。

「知會其他人等，我們去接他。」

「可需要那麼大陣仗，惹記者注意呢。」

「要，再多一百人更好，形成氣場。」

助手端出咖啡與茶。

大家都不止喝一杯，可見昨夜誰都沒睡好。

之之把兩隻狗牽手中。

「牠們也去？」

「當然。」

杜布門犬十分神駿，知道有事發生，靜靜打轉。

車子駛近法院，比約定時間還早半小時，但是已經站滿記者及看熱鬧人群。

司機表示無法駛近，必須下車。

眾人下意識都首先要保護王之之，前後左右圍住她。

韋偉與奇志站最先前，想勸前邊人群讓路，「不行，我們比你早到輪候，並且我們是記者，必須交上清晰照片及紀錄，你們排隊吧。」

知也對兩個女孩說：「你們留車內。」

「我倆也想第一時間見父親。」

「那麼，狗狗守車內，關車門。」

他們一步步向前擠。

「別推，別推。」

制服人員走近維持秩序。

「我們是親屬。」

有人沒好氣，「我也是親屬，四海之內，皆兄弟也。」

人群中華裔佔大多數。

知也戴着鴨舌帽，加帽斗。

殷師緊緊握住之之手臂。

知也自姐姐身後環抱她，緊緊貼住。

這時忽然一聲爆喊：「汪量出來啦。」

果然，汪量由護衛傍住緩步走出。

他沒低頭，也不抬頭，不卑不亢，緩步走向行人道邊，全不避鏡頭。

人太多，汪量沒看到之之。

殷師急得舉起雙手揮舞，眼看汪量就要上等着的黑色大車，記者進一步推進。

就在這個時候，兩隻大狗跑近，牠們想必由車窗鑽出，走向主人。

記者們驚呼：「噫」、「啊，當心」、「呀，誰的狗」……痛楚與恐懼已跑到汪量跟前。

汪量露出笑臉，一手攬住一隻，抬頭，終於看到王之之與其他親友面孔，向他們招手。

保鏢說：「汪先生快上車。」

兩隻忠心大狗擠到他身邊，一起跳上車，保鏢關上門，加速離去。

有記者說：「他還是如此張揚」，「沒想到這麼英俊」，「咦，他向什麼人打招呼？」

再回頭，後邊的人已經散去。

殷師說：「我們去他家會合。」

知也忽然說：「我不去了。」

「司機，讓二小姐在街角下車。」

「這——」

「對不起，沒時間送你。」

之之向妹妹與她男友道歉：「不好意思，時間上趕不及，謝謝你們幫忙。」

那金髮兒連忙說：「沒關係，稍後再見。」

扶着女友下車，脱下外套，幫知也遮雨。

之之忽然微笑，可喜知也永遠是某男子的女神。

井秘書這時才說：「我被人擠脱一隻球鞋。」

殷師說：「賠你十雙。」

大家都有點興奮。

韋偉取出小瓶香檳，分給各人。

殷師說：「各位，需要知道，官司還未開始呢。」

「那是明日與後日的事，」奇志說：「我們只能一天一天那樣活，且先高興了才說。」

幸虧小女孩在另一輛車上，否則教壞孩子。

去到山上一間樹林遮蔭的大屋，車子停下，替他們打開車門的正是汪量。

他凝視之之，微笑，仍然沒有説話，看唇形，彷彿在説「好久不見」。

足足百多日，或是百多年不見。

他握着之之的手，再也不放開。

書房裏坐滿他的律師、工作人員，與其他各種專家。

殷師説：「王小姐不必在場。」

汪量把之之拉近，深深在她唇角吻一下。

眾人忍不住鼓掌。

之之微笑退出書房。

汪量送到門口，讓她看腳上電子儀器，「只能走這麼遠。」

之之説：「我回去休息一會。」

殷師説：「狗呢，把牠們留在你處。」

狗與之之。

他們真說話不忌諱。

之之做人很成功。

她一直微微笑，用手指沾着嘴唇，那個親吻，同想像中一模一樣溫馨，能享受就享受。

秘書幫她熨那件婚服。

「不用忙啦。」

「明天下午就要穿。」

「我不會穿它。」

「請告訴我，這件禮服的因由。」

「啊，沒什麼，天下許多想得太多的女子，她們以為一定結得成婚，偏巧又會服裝設計，便為自家做了件婚紗，不知這是至大禁忌，凡是自製婚紗者，必結不成婚。」

秘書大驚失色。

「快把這件衣服丟掉。」

「不，太漂亮太可惜，我們拿到福祿出售。」

「早已過時。」

「如此典雅，式樣不會過時。」

「反正我不會穿它。」

「是，是。」

「你說，汪先生會否同意結婚？」

秘書陰聲細氣地答：「他若不願，我與殷師把他切一塊塊丟陰溝。」

不知恁地，王之之雙耳說不出受用。

那天傍晚，親友與律師都離開，屋子異常靜寂，倘若吵架，鄰居也許聽得見。

之之與汪量坐一起。

汪量輕輕說：「一定要結婚？」

之之溫言相勸，「全世界都已知道此事。」

「你有沒想過，或許三五七年，或許十五年。」

「我有信心，他們會因證據不足放棄起訴。」

「是殷律師給你虛假希望？」

婚禮那天，韋偉前來敲門，「有要事商量。」

秘書推擋，「韋先生，今天不是時候。」

「又是你這個祖奶奶發言人，我與拍檔說話幾時輪到你開口。」

之之伸長手臂擋開他們二人，「韋，你說。」

「福祿接到一單七位數字大生意，十多件禮服，汶萊某郡主大婚。」

「好事。」

「人手不夠。」

「立即招聘。」

「外邊雜牌軍十之八九已經學壞師，才半年時間，又難以重新訓練。」

之之不解，「你找我做什麼，我幫不到你。」

「只要你點頭，把工作室那十多廿名學生借我一用，或索性合併，讓她們體驗真實工作機會，是實習千載難逢機遇。」

「他們不夠班，怕誤你事。」

「你不能叫她們一輩子交學費天天練習針步鎖裙邊做鈕門。」

「啊，你諷刺我，在我大好日子天才濛亮，臉上還敷着面膜時揶揄我。」

「之，你知我沒有這個意思。」

秘書冷冷說：「可要我用掃帚拍走這個人。」

之之看牢韋偉，「你如何變得如此功利。」

「之之！」

「你要我應允不過是佯裝尊重，我並無能力左右一班學生，你得徵求她們意見。」

「已經問過。」

「學生們怎麼說？」

「全體同意到福祿工作六個月。」

韋出示平板電腦錄影，只見學生們在工作室排成三行，異口同聲，機械人般微笑，平板聲線：「請王老師恩准我們前往福祿學習。」

不由得王之之不笑。

「好，好。」

她們雀躍，回復生氣，沒聲價道謝，「我們終於師成」，「到底有出路」，「多謝老師悉心栽培」，都準備揹着包袱寶劍下山。

之之對韋偉說：「這叫挖角，為商業社會不齒。」

「福祿也是你的公司。」

「韋偉，我以為我們是朋友。」

「為什麼不是？你也希望福祿生意興隆。」

秘書說：「王小姐趕快梳妝，要出嫁啦。」

韋偉的面皮恁地厚，「王小姐，借書房一用，我要傳合約給她們。」

「去去去。」

秘書搖頭，「怎料不到韋某是奸商。」

有人在門後輕輕說：「你們沒聽說過逢商必奸嗎。」

之之忽然明白，「汪先生，是你叫他今早趁人多馬亂時提出要求。」

「是呀，百忙中為着打發他，只得應允他。」

秘書駭笑。

「註冊員就要到了。」

之之連忙換上簡單淡藍色套裝。

助手遞一束小小鈴蘭給她。

「噫，又不是五月天，何處覓來鈴蘭。」

秘書猙獰地笑，「否則如何升職加薪。」

儀式十分簡單。

秘書把閒雜人等全部趕出偏廳，讓他們在會客室看現場直播。

這直播線路一直接到之之寓所，王知也在熒幕上觀看。

知也亦有不好意思的時候：前妻與後妻共聚一室，有趣嗎，好笑嗎。

還是隔着一個距離禮貌一點。

她看着汪量一直握着之姐的手，宣誓、交換指環。

偏廳門口站滿等着歡呼的親友。

誰都知道汪量長得英軒，但是今日影像中的汪量，比什麼時候都神采飛揚，愜意暢快。

知也靜靜看着前夫。

她配不起他，只有之姐才能匹配平衡這個男子。

剎那間，那場官司已處次位。

知也垂頭。

禮成，眾人一擁而上，開香檳，切蛋糕。

老好秘書不忘保鏢與司機等人，把他們叫進一起慶祝。

知也熄掉電視。

母親的電話追趕她：「知也，你姐姐今日結婚？怎麼不告訴我？她嫁的是汪量？她怎麼可以嫁妹夫，你與汪量離婚才多久……？」接着，又大聲發表意見五分鐘。

知也有點疲倦，接上去：「真荒謬可是。」

「——你們在想什麼，那汪量——」

「是」，知也喃喃：「都瘋了。」

「不是我看不開——」

知也忽然笑，「只是太荒唐。」

這時，門鈴響起。

「母親，有人找我，我們稍後再說，啊，還有，你新婚生活可好？一家三個女子，現在就我沒有伴侶，多麼寂寥苦惱。」

她輕輕放下電話。

重重吁出一口氣，她開啟大門。

門外站着一個中等身材，其貌不揚的男子，看上去有點老相，衣不稱身，不知恁地，穿件大紅色外套，揹着一隻塞得鼓鼓的背包。

這種男子，一街都是，毫無特徵，不過，社會經驗告訴王知也，不可以貌取人。

「請問找哪一位？」

那人看到知也，一怔，「你是知也。」

噫，他認得她。

「之之在嗎。」

知也警惕，這人是誰。

「我是——」

知也驀然想起，「我知道你是誰。」

「那就好，我想見之之。」

「她不在。」

「她什麼時候有空，我再來。」

「對你，她不會有時間。」

那人尷尬地笑，「我們之間有誤會。」

「沒有任何誤會。」

知也擋在門口，緩緩把大門關起，只剩一呎寬。

「讓我進來說幾句話，聽說之之最近賺大錢。」

知也不防那人伸手推門，她往後退一步。

那人以為得逞，正想再踏前擠進，差一點就可以登堂入室。

是，大門的確又推開一半，他卻嚇得止步，他看到知也身邊一左一右站着兩隻黑色大狗，足足有人半個身子高，四隻橙黃色眼睛閃閃生光瞪住他，喉嚨胡胡作聲。

知也退到牠們身後。

「知也，你怎麼了，我看你長大——」

痛楚與恐懼揚起頭張嘴就吠，那汪一聲聲震屋瓦，連鄰居都聽得清晰。

那人又退後一步。

忽然有人大聲吆喝：「什麼人，報警！」

那人轉頭一看，是一名魁梧高大的金髮男子，足足比他高大半個頭。

他臉色灰敗，急急轉身往回走。

知也用力拉住兩隻狗，牠們不住咆哮。

男友把她摟到懷內，「走了，走了，沒事。」把門緊緊關上。

「那是誰，又是你的前度？」

知也瞪他一眼，她確實受驚，一身冷汗，連忙斟酒喝。

「那是之姐的前頭人。」

「什麼？那樣一個襤褸漢，同汪先生提鞋也不配，事隔多年，他來作甚？」

「你說呢。」

「他沒開車，大概是步行而來，這條山路不好走。」

「那麼辛苦摸上門來，你說是為什麼，敘舊嗎？要求一個吻？還是需要救濟？」

「真有這種人，知也，你也真不小心，胡亂開門，若讓他進得門來——」

「有個說法，叫進得門來，就要上床。」

「可要告訴之姐。」

「之姐今天大喜日子，她難得展顏，免了吧。」

「那人怎麼會找到地址？」

「有人想看熱鬧，下藥，慫恿那人演出鬧劇。」

「是什麼使得那人相信可以得逞？」

「那些出主意的壞人可沒想過他真的可以欺壓到王之之，他們不過想王之之難堪。」

「這種人要懲戒。」

「上帝說，復仇在我。」

「可憐的之姐。」

「也只有你我會這樣說，別人會踩之姐鐵石心腸，反面不認人。」

「華裔女子，社會包袱又的確重一點。」

「這裏沒事，我們也該走了，家母等着我說話。」

那一天的華文報頭條：東岸凍如-17℃，大風雪提早駕到。較小號字標題：地球另一邊新聞：西漁灣有警員開三發實彈，廿一歲男學生中彈受傷，警方在社交平台證實，在拘捕違法者時曾開槍射中一名男子……

之之讀到新聞，嗒然。

汪量走近。

之之用手搭住胸口，表示傷心。

汪量緊緊抱住她，下巴扣住她頭頂。

他喜歡這個動作，之之只覺得溫馨。

她輕輕說：「這段日子，你再也離不開我。」

他笑，「我從來都離不開你。」

汪宅人來人往，每天向汪量告知審訊程序進度及下一步做法。

程序之繁複，聽得人掉頭髮。

一次殷律師說：「好消息，本國豬牛肉終於解禁打明日起可以進口。」

之之一頭霧水，「那同我們有什麼關係？」

殷師睜大眼睛笑。

之之有頓悟：「啊，同一個國度，盼有轉機。」

「牽一髮動全身啊。」

汪量正準備將公司改組拆散看是否能夠重組。

「也許，退休時間到了。」

退休做什麼？

汪量要做的事多着呢。

一日，有人來訪，保鏢照例檢查客人有否攜帶武器。

他帶着一隻大紙盒，打開一看，是一塊巨型面盆似灰色凹凸石頭。

汪量本來在簽署文件，看到大喜，「邱博士，歡迎歡迎。」

之之知道，那必定是塊化石。

他們興高采烈說了好一陣子，邱博士吃了茶點告辭。

「之之，之之，快來看。」

之之走近，這彷彿是一塊隕石，她捧起試一試重量，又不是，這種尺寸隕石應重得她拎不起。

可以揭開嗎，又不能。

「奇怪。」
「哈哈哈，可是猜不着。」
之之也笑，難得汪量心情輕鬆。
她忍不住捧起丈夫的臉，深深吻一下他的肉嘴。
「這一塊是古時長毛象猛獁的糞便。」
之之怔住，什麼？
「嘿，不知多真確，這是牠的排洩物，猛獁化石骨骼不難找，但這個卻難能可貴，考古學家可藉此與生物學家研究牠們的食物種類，當年的生態，以及牠們消化系統等等。」
之之坐下細細欣賞丈夫英俊愉快的臉。
「我很久才得如此一大塊。」
之之輕輕說：「我愛你。」
「什麼？」

他關在公寓中，彷彿一點也不寂寥苦悶。

尤其不在之之面前露出。

只在他的官司團隊前偶而嘆息幾聲。

殷師把手放在他肩膀，「有進展，別氣餒。」陪他到警署及法庭辦事。

走出看到街邊熱狗檔，微笑。

殷師說：「我替你過去買。」

「芥辣醬多些。」

大家陪着他吃，顯示同心。

汪量感動，患難見人心。

殷師還不忘帶兩隻給之之及井秘書。

這叫做有福同享。

阿井向之之匯報：「韋先生煩得脫髮，要與你訴苦。」

「我不管他的事。」

「汶萊是回教國家，郡主婚紗不能裸露，她在巴黎讀藝術，對設計很有意見，她喜歡日本奧里嘉米——」

「中國摺紙！」

「是，是，打算用到上衣胸前。」

啊，碰巧之之在校時期也動過同樣念頭。

「她設計可行否。」

「漂亮到極點，請看她設計。」

取出簡單素描圖樣，之之點頭，這位郡主並不空口說白話，她的摺紙式樣平面圖曼妙，做成立體，卻不容易。

之之順手取過軟紙，摺了幾個樣子，分別是拍紙簿式，「這，裝作領子，一拉開來，裏邊是另一種顏色」，「圓形太陽放射，按在胸口，你看，紙樣與摺成品完全不一樣」，「還有菱形，從前，想來想去，只適合做口袋，但今日覺得，何必實用，純當裝飾，一如花邊。」

「我馬上告訴阿韋。」

之之一直把軟紙試摺，一下子做出十多個花樣。

立刻得到那邊讚賞：「郡主說，最優秀是不用花與蝴蝶。」

之之與郡主意見相同。

這邊汪先生叫她，她只得放下紙樣。

汪量說：「看獅子座流星。」

都下雪了，「流星雨在南半球，下次吧。」

汪量不甘心，「本想爬上屋頂。」

「可要置聖誕飾物。」

「大門前掛一隻花環好不好。」

「自家做，我去拾松果。」

已經十二月了。

地庫各式運動器材齊集，之之陪汪量，現在練得可以雙手提起六十五磅。

果然，下雪了。

細雪，飄飄然悄悄落地，又會上揚，好看到極點，但片刻路面雪白，工人連忙灑鹽掃雪。

之之說：「左邊鄰居是一對老夫妻，勞駕幫他們也清理一下。」

「右邊呢。」

「有兩名十多歲少年，不必理會。」

沒料到少年比他們還先知先覺，已出來幫老夫婦操勞。

助手說：「人家的國民教育是有一手。」

「不逃學就好。」

之之披着電毯子在門口觀景，一站半晌。

丈夫取笑，「怎麼，嚮往自由？」

之之擁抱他。

汪量說：「鎖住你。」

屋裏有人喊：「韋先生找。」

之之走到電腦前，「韋，我實在沒有時間。」

韋說：「你看，試過十多種衣料，沒有一件成功。」

之之一看，果然，都撐不起圖形。

「我們快哭了。」

之之沒好氣，「用奧根地紗！」

「哎呀，」學生隊伍齊心嘆息：「我等白癡怎麼沒想到。」

「但紗質透明呢。」

「可襯裏啊。」

之之說：「不要再找我，我這邊也很緊張。」

電光石火間想起，這一切，何嘗不是汪量故意設計，用來轉移她的注意力，排解苦悶的面壁生活。

她吁口氣，「請把郡主近照傳來。」

看到照片，之之意外，郡主異常美貌，分明有些微高加索血統，高鼻大眼，只是膚色略深，她與南亞女子的瘦、黃，小有異。

「嫁何人。」

「門當戶對，油田富二代。」

「人還端莊否。」

「嗯嗯嗯。」

「回教徒可娶七任妻子？」

韋偉不答：「用什麼顏色料子。」

之之肯定：「白色，這次微褐皮膚襯雪白最好看。」

「明白。」

「這是福祿本年最大一單生意吧。」

「郡主建議我們把店遷址。」

「啊，往何處。」

「你猜猜。」

「新加坡舖租更貴。」

「之，世上凡你我願落腳之處，都已貴不可言。」

「東京？言語不便。」

「上海。」

啊，這郡主若不是礙於身份，可獨當一面做事業。

「她如果有意入股——」

「不必了，韋，華裔有説：不可二人買一隻牛。」

「生意可以擴大許多。」

「我已表達我的意見。」

「知道。」

這時他身後有人説：「奧根地紗可以撐起，王老師，你是救命恩人。」

「你們跟韋先生學得那麼誇張。」
願意在某一單生意落那麼大工夫，可見生意不怎麼樣。
「社會如何。」
「社會仍然好，只是人心變。」
「你知我暫時回不來。」
「你對汪先生深情，大家都知道。」
「別揶揄我。」
「本季歐美時裝，有何新方向？」
「嗯，流行泡泡羽絨衣物，像把被子裹身上到處走。」
「不怕臃腫？」
「少女們怕過什麼？下雪，大衣內仍穿背心短裙。」
「青春，也只得三五年。」
「這是知也口頭禪。」

「知也告訴我，年中開始，她已不願乘長途飛機，飛到一半，辛苦，想灌醉自己。」

「那一天遲早會得來臨。」

就在這個時候，整間屋子的人都聽見一個人吼叫，一聲接一聲不斷。

眾人嚇得丟下手上工夫，跑出看個究竟。

只有之之認出是汪量的聲音。定一定神，覺察聲音自地庫傳出。

她忽忽向員工舉手，示意他們不要驚慌，一個人跑下地庫。

推開門，看到汪量全身赤裸在大力拉扯電子腳環，一邊拔直喉嚨聲嘶力竭怒叫。

之之心如刀割，撲到他身上，兩人倒地，她用力壓住他，「噓，噓，不怪你，大雪，哪裏都不能去，氣象局警告市民無事不要上街。」

汪量想説話，喉嚨乾涸，忽然作不了聲。

之之緊緊抱着他不放，淚盈於睫。

偏偏井秘書這時推門進入，看到汪氏裸體，「哎呀，對不起對不起，活該我生紅眼睛！」

之之啼笑皆非，「毛巾毛巾。」

助手把大毛巾丟過去，「我什麼也沒看見，我立刻出去，不給任何人進來。」

她嘭嘭聲走出，大聲關門。

恃熟賣熟，奈她何。

之之輕輕說：「你看，給人家看了全相。」

汪量一股氣消了大半，這樣說：「我下腹有一塊紅痣。」

之之靠着他，「不要心躁，會好的，會好的。」

「你救了我之之。」

「我把你三任妻子都集一起可好，畫張油畫，不過我要坐中央，她們一人站一邊。」

殷師知道了這件事，這樣說：「不怪他，這人是何等不羈活潑，如今成為困獸，不過，團隊經過商議，認為關鍵在兩國貿易協議簽約後，當可鬆弛。」

「否則如何。」

「之，凡事往好處想。」

「當下，有何建議。」

「讓汪先生再讀一個學位消磨時間。」

「讀什麼，英國十八世紀浪漫主義文學？」

殷師笑，「那不行，我建議商貿科。」

「他足可以去做教授，女學生擠破門檻。」

「讀天文物理吧，可使人心平氣和。」

「他會叫我陪他。」

「之之，多一個學位也好。」

「這一任太太不好做。」

「這是真的，別人只管看房子看珠寶即行。」

之之無言。

「這件事，促成你倆姻緣。」

「殷師，你說，官司結束後，我倆是否還可以維持婚姻。」

殷師不能回答。

「很多人以為他與知也不長久，是因為他野心大四處跑，其實剛相反，他做完自家的事，喜歡孵家中，即是說，他的時間，全部自用，知也寂寞。」

殷師竟然如此回答：「不要緊，可以離婚。」

「你詛咒我。」

「離婚平常事，我沒有惡意，你與汪量如此纏綿，怎可長期維持。」

什麼？

「愛不要太熱，也不可太冷，愛要像可口可樂，永久存在。」

「什麼！」

「這金句你可以隨時借用。」

這樣，艱苦地又過去一個月。

聖誕新年，市面熱鬧。

「之，你出去買些過節禮物。」

「每人送金餅一塊，十分實際。」

「殷師與阿井需外加一份。」

夫妻商量，「這可頭痛。」

「讓他們接家眷過來度假。」

結果說：「加送赤金條做紙鎮。」

如此打發光陰。

殷師與阿井陪汪氏夫婦過節。

「這種時分，最好搓麻將。」

四人面面相覷，他們四個華人，竟沒有一人會國粹搓牌，奇哉怪也。

「知也什麼賭術都精，牌九、挖花，所向披靡，曾在阿特蘭大賭百家樂贏得被員工以為出千。」

「有這種事。」

隔壁老夫婦的子女集聚一起過年，送來布丁與聖誕花。

「人家說：每朵烏雲都鑲有銀邊。」

「聖誕新年快樂，之之，你是我的銀磚。」

過完年，花有點謝，不捨得丟掉。

團隊前來歸隊，訝異，「兩位千金沒來探訪？」

殷師使眼色。

「這幾天，可能會有新消息。」

「等了又等，像看着青草生長。」

「莫發怨言。」

「其餘人等呢，到什麼地方開小差？」

「大寒天也夠苦，一直在法院等消息，第一時間知道通告。」

「這個地方辦事永遠超時。」

大家側過臉打哈欠灌咖啡。

「我找汪先生說幾句話。」

「汪先生在健身，你別打擾他。」

「聽阿井說他經常裸體。」

「這也許是他一種減壓方式，大家包涵一點。」

「真沒想到他身段那麼好，我們也得勤加鍛煉。」

就在這時，大門嘭一聲推開，一隊人湧進，大聲叫嚷：「汪先生汪先生！」

候在書房內那幾個人衝出，「什麼消息，什麼消息？」

一隊奔進，另一隊奔出，蓬一聲碰一起，外邊的人鞋底沾雪，滑倒時拉着對方，一起作滾地葫蘆，跌成一堆，都是大漢，壓住四肢，一時掙扎不起，雪雪呼痛。

之之聽得如此吵鬧，不禁失色，忽忽由廚房跑出，只看到六七個西裝漢倒地不起，有人跌破鼻子，使勁流血，有人掩嘴，原來磕去一顆門牙，有人大叫：「我肩膀脫臼，痛煞人。」像經過集體毆鬥。

「趕快叫救護車。」

此時汪量自地庫走上，這次總算穿着衣褲。

跌在地下的人見到他，忽然說：「撤銷控訴，撤銷控訴！」

汪量與之之，以及自書房衝出的律師終於明白是怎麼一回事，一時反應不過來，擁抱成一堆，一時也顧不到傷勢。

之之在背後伸手臂箍住汪量，汪量在前邊握緊之之雙手，兩人激動，不知所措。

這時，救護車趕到，眾人排隊見看護。

阿井努力解釋發生何事：「不是群毆，都是好友，滑倒在地，發生意外。」

接着，記者群也知消息趕到。

一邊大力拍門，一邊喊叫：「汪量先生，出來一下」，「我們看到有大使館人員走入屋內」，「汪先生，可否解釋一下為何事情得以迅速解決」，「汪先生——」

在別人眼中，這還算是迅速解決。

大門拍得咚咚聲。

阿井說：「報警。」

殷師答：「他們也不過是工作，得饒人處且饒人。」

「是，是。」

結果有三名隊友需赴醫院，其餘人等，經檢查後無恙只需休息。

他們搜刮到屋內所有酒類，在書房拉緊窗簾大肆慶祝。

汪量與之之站在樓梯口動也不動幾乎三十分鐘，都怕鬆手會發生變化。

記者又出新花樣，大聲喊：「為何召白車，是否有人自殺？」

殷師說：「什麼人身上無血，出去門口貼一張告示。」

阿井答：「我。」

她輕輕掩出門口，貼出告示。

告示上大字中英文這樣寫：「本宅任何人不會回答任何問題或發表任何聲明，請勿在門口聚集，請勿騷擾屋主及鄰居，面斥不雅。」

阿井蹲下，順手撿起丟在門口的華文報。

她輕輕走進大門。

她沒看當天新聞。

「——全市多間大學及職訓局宣佈取消課堂及考試……示威者搗亂校

園，校內遭破壞及縱火，只得取消所有課堂……區議會選舉望如期舉行……」

——全書完——

書名　　誰家園　　作者　亦舒

出版　天地圖書有限公司
香港黃竹坑道46號
新興工業大廈11樓
電話：2528 3671　傳真：2865 2609

香港灣仔莊士敦道三十號地庫（門市部）
電話：2865 0708　傳真：2861 1541

印刷　亨泰印刷有限公司
柴灣利眾街27號德景工業大廈十字樓
電話：2896 3687　傳真：2558 1902

發行　香港聯合書刊物流有限公司
香港新界荃灣德士古道220-248號
荃灣工業中心16樓
電話：2150 2100　傳真：2407 3062

出版日期　二〇二一年七月／初版．香港